Tim Bowler • Escape • Zeig keine Angst!

cbt

Foto: © Privat

DER AUTOR

DER AUTOR

Tim Bowler ist einer der beeindruckendsten und originellsten Jugendbuchautoren in Großbritannien. Er wurde 1953 in Leigh-on-Sea geboren. Nach seinem Studium arbeitete er in der Forstwirtschaft und als Lehrer und Übersetzer, bevor er sich ganz dem Schreiben zuwandte. Tim Bowler hat bisher acht Bücher veröffentlicht und zwölf Auszeichnungen erhalten, darunter die prestigeträchtige Carnegie Medal für seinen Titel »River Boy«. Seine Serie *Escape* wurde in der englischen Presse als bahnbrechend gefeiert.

Weitere lieferbare Titel von Tim Bowler bei cbt:
ESCAPE – Fall bloß nicht auf! (Band 1, 30873)
ESCAPE – Flieh, so schnell es geht! (Band 2, 30874)
ESCAPE – Lauf, so weit du kannst! (Band 3, 30828)

Tim Bowler

ESCAPE

Zeig keine Angst!

Aus dem Englischen
von Renate Weitbrecht

cbt

cbt

cbt ist der Jugendbuchverlag in der
Verlagsgruppe Random House

MIX
Papier aus verantwortungsvollen Quellen
FSC® C014496
FSC
www.fsc.org

Verlagsgruppe Random House FSC® N001967
Das für dieses Buch verwendete
FSC®-zertifizierte Papier *München Super Extra*
liefert Arctic Paper Mochenwangen GmbH.

1. Auflage
Erstmals als cbt Taschenbuch Oktober 2013
Gesetzt nach den Regeln der Rechtschreibreform

Die englische Originalausgabe erschien 2009
unter dem Titel »Blade: Running Scared«
bei Oxford University Press.

Übersetzung: Renate Weitbrecht
Lektorat: Frauke Heithecker
Umschlaggestaltung: init.büro für Gestaltung, Bielefeld
unter Verwendung der Motive von
Elisa Lazo/Arcangel Images, Alamy Images/
Gari Wyn Williams
he · Herstellung: kw
Satz: KompetenzCenter, Mönchengladbach
Druck und Bindung: GGP Media GmbH, Pößneck
ISBN: 978-3-570-30875-2
Printed in Germany

www.cbt-jugendbuch.de

Für Rachel
in Liebe

Die Nacht, das Motorrad, die kurvenreiche Straße. Der Lichtstrahl des Scheinwerfers bohrt sich in die Dunkelheit. Er könnte ebenso gut mich durchbohren. Denn ich bin eh bald tot. Das weiß ich. Ich hocke auf dem Rücksitz und rase durch die Finsternis.

Und wieder bin ich so gut wie tot.

Ich kenne nicht einmal den Fahrer. Ich habe kurz seine Stimme gehört und seine Augen durch den Schlitz des Helmes gesehen. Das ist alles. Aber ich weiß genug. Es war richtig, auf sein Motorrad zu springen, als er mich dazu aufgefordert hat, denn so bin ich an meinen Feinden vorbeigekommen. Aber das verschafft mir nur eine kurze Galgenfrist.

Denn dieser Kerl ist auch ein Feind.

Glaub mir, Bigeyes. Ich habe zu viele Feinde und keine Freunde. Du kannst dir also selbst ausrechnen, was für ein Typ dieser Kerl ist. Er ist gefährlich und bedeutet Ärger, großen Ärger. Warum sollte er für nichts Kopf und Kragen riskieren? Das tut niemand. Er hat viel gewagt, um mich da rauszuholen. Also was will er?

Was es auch ist, Bigeyes, es ist jedenfalls nichts Gutes.

Ich schätze, er erledigt einen Auftragsjob. Ich habe dir ja schon erzählt, dass ich verschiedene Sorten von Feinden habe. Da sind die, die mich kriegen wollen, weil ich bestimmte Sachen weiß. Sobald sie die gewünschten Informationen aus mir rausgeholt haben, werden sie mich zum Schweigen bringen. Und dann sind da noch die, die mich kriegen wollen, weil ich bestimmte Sachen getan habe. Ich kann nur hoffen, dass sie mich schnell und schmerzlos töten.

Aber ich glaube nicht, dass ich so viel Glück haben werde.

Vermutlich ist dieser Kerl einer von der zweiten Sorte und wurde von einem mächtigen Feind aus der Vergangenheit geschickt, der einen Hass auf mich hat. Von denen gibt es genug. Ich habe zu viele Mistkerle hopsgehen lassen, um ein ruhiges Leben zu führen. Vielleicht habe ich einen von seinen Männern erledigt. Deshalb hat er diesen Kerl auf mich angesetzt.

Und jetzt ist die Zeit der Rache gekommen.

Was auch passieren wird, es wird übel, Bigeyes. Und ich bin jetzt so verdammt schwach. Meine Wunde macht mir immer noch zu schaffen, mein Körper ist total erschöpft von der anstrengenden Flucht, und mein Kopf ist noch ganz verwirrt von der Begegnung mit Jaz und dem Gespräch mit Mary. Wie viel Kraft habe ich noch, um gegen einen weiteren Feind zu kämpfen?

Nicht mehr viel. Vielleicht gar keine mehr.

Trotzdem habe ich noch so was wie eine Chance. Ich bin auf das Motorrad gesprungen, weil ich es so nur noch mit einem Feind zu tun habe. Im Moment jedenfalls. Es wird nicht lange so bleiben, aber vorerst heißt es: er gegen mich. Das sind bessere Karten, als die, die ich davor hatte. Deshalb klammere ich mich weiter fest und hoffe das Beste. Irgendwann muss er anhalten.

Und dann werde ich wissen, was ich tun muss.

Kämpfen oder fliehen.

Oder beides.

Wir fahren immer noch verdammt schnell. Ich sage dir, das ist wirklich eine heiße Maschine, und der Kerl ist ein toller Fahrer. Das muss ich ihm lassen. Ich checke ihn ab, so gut ich kann. Ein großer, kräftiger Kerl mit mehr Muckis als der Durchschnitt. Ich blicke zurück.

Das dachte ich mir.

Scheinwerfer verfolgen uns. Aber das sind keine Motorräder, sondern Autos. Und bald werden aus der anderen Richtung noch mehr kommen. Die Feinde hinter uns haben natürlich per Handy ihre Kumpels verständigt. Sie haben bestimmt einen zweiten Kreis gebildet, falls wir durch den ersten durchkommen.

Und das haben wir ja gerade geschafft.

Was der Motorradfahrer auch von mir will, er steckt nun auch in Schwierigkeiten. Und er wird bald einen Ausweg finden müssen, denn da vorne ist schon die Autobahn, wo uns bestimmt ein Empfangskomitee erwartet. Aber Moment mal …

Er hat das Licht ausgeschaltet und wir werden langsamer. Wir fahren noch, aber es ist nun dunkel um uns rum. Das gefällt mir gar nicht. Ich kann fast nichts mehr sehen. Ich werfe einen Blick zurück.

Die Scheinwerfer werden größer. Sie rasen uns hinterher, aber sie sind immer noch ein gutes Stück entfernt. Von vorn, von der Autobahn her, nähern sich jetzt auch welche. Wir düsen weiter ohne Licht durch die Dunkelheit.

Aber jetzt biegen wir von der Straße ab. Wir fahren durch ein offenes Tor – das kann ich gerade noch erkennen – und holpern einen Weg runter. Links ist eine Wiese und rechts ein Zaun. Ich beobachte den Fahrer.

Er hat sich kein einziges Mal umgedreht, um zu sehen, was ich treibe oder wer uns folgt. Sein Oberkörper ist immer noch tief über die Maschine gebeugt und sein Helm glänzt. Und das ist das einzige bisschen Licht, das von uns kommt.

Das Motorrad ist schwarz wie die Nacht.

Wir holpern immer noch den Weg entlang. Vor uns erscheint ein weiteres Tor, das auch offen ist. Wir fahren hindurch und kommen auf einen anderen Weg, der auf ein paar Bäume zuführt. Vielleicht warten dort seine Kumpels. Vielleicht ist das das Ende.

Ein Knüppel, ein Messer, eine Kugel. Ein unauffälliges kleines Grab. Niemand wird mich finden, wenn sie es richtig machen. Ich blicke mich wieder um. Lichter huschen die Straße rauf und runter, aber keines bewegt sich in unsere Richtung.

Doch sie werden kommen. Sie wissen, dass wir es nicht bis zur Autobahn geschafft haben. Sie werden sich sammeln und uns suchen. Sie werden jeden Seitenweg abfahren und jede Wiese durchkämmen. Ja, Bigeyes, sie scheuen keine Mühe, um mich zu kriegen. Aber im Moment habe ich andere Probleme.

Ich schaue mich um. Es ist immer noch zu riskant, vom Motorrad zu springen. Wir fahren jetzt zwar langsamer, aber noch nicht langsam genug für einen Fluchtversuch. Dabei würde ich mich auf jeden Fall verletzen. Ich muss noch eine Weile warten. Wir erreichen das Ende des Weges, aber er fährt weiter. Wir holpern nun zwischen den Bäumen hindurch.

Dann hält er plötzlich an.

Wir sind auf einer kleinen Lichtung. Sonst ist niemand da. Jedenfalls kann ich niemanden entdecken. Ich klettere vom Motorrad und weiche ein paar Schritte zurück. Der Kerl wirft einen Blick über die Schulter und steigt ab. Es klickt, als er sein Motorrad auf den Ständer zieht. Er starrt mich durch den Schlitz in seinem Helm an. Dann macht er einen Schritt in meine Richtung.

Ich weiche noch ein Stück zurück, aber nicht zu weit. Ich darf ihn nicht aus den Augen lassen. Er arbeitet allein. Das ist besser für mich, aber meine Situation ist trotzdem ausweglos. Der Kerl ist groß und kräftig. Es hätte keinen Zweck, wegzulaufen. Selbst wenn ich nicht so schwach wäre, könnte ich ihn nicht abhängen.

Ich muss abwarten, ihn beobachten, herausfinden, was er will.

Er ist neben dem Hinterrad des Motorrads stehen geblieben, aber er blickt immer noch in meine Richtung. Ich beobachte ihn genau. Nun fällt mir etwas an ihm auf. Etwas an seiner Art kommt mir bekannt vor. Ich habe ihn schon irgendwo gesehen.

Aber ich komme nicht drauf, wo.

Wir stehen nun beide reglos da und blicken einander scharf an. Hinter ihm, wo die Straße auf die Autobahn zuläuft, leuchten immer wieder Scheinwerfer auf. Die Autos kann ich nicht sehen, denn die Straße liegt hinter der Anhöhe. Aber ich sehe ihr Licht. Und dieser Kerl muss auch wissen, dass sie da sind. Aber er schaut sich nicht um, sondern behält mich im Auge.

Ich rufe zu ihm rüber: »Du bist entweder todesmutig oder strohdumm.«

Er antwortet nicht, sondern starrt mich nur weiter an. Ich spähe durch die Dunkelheit auf den Schlitz in seinem Helm. Von hier aus kann ich seine Augen kaum sehen, nur erahnen. Vielleicht könnte ich sie erkennen, wenn mir einfallen würde, wo ich ihm begegnet bin. Ich müsste näher rangehen, aber so blöd bin ich nicht.

Ich deute mit dem Kopf zur Straße.

»Jetzt sind die nicht nur hinter mir her, sondern auch hinter dir.«

Wieder antwortet er nicht. Er greift zur Seite, öffnet die

Gepäcktasche hinten an seinem Motorrad und zieht einen zweiten Helm raus. Dann wirft er ihn ohne Vorwarnung zu mir rüber. Ich versuche nicht, ihn aufzufangen. Er landet vor meinen Füßen. Ich bücke mich und hebe ihn auf. Der Kerl schließt die Gepäcktasche, stellt sich vor das Motorrad und blickt mich über die Lichtung hinweg an.

»Was willst du?«, frage ich ihn.

Er deutet mit dem Kopf auf den Helm in meinen Händen.

»Setz ihn auf. Du musst vorschriftsmäßig aussehen.«

Nun erkenne ich die Stimme. Seine kurze, schroffe Aufforderung, auf sein Motorrad zu steigen, reichte dazu nicht. Außerdem hatte ich in dem Augenblick keine Zeit zum Nachdenken. Aber jetzt ist das anders. Es sind nur ein paar Worte mehr, aber sie klingen, als hätte er eine schwere Zunge. Und ich weiß, wer so spricht.

Mehr braucht er jetzt eigentlich nicht mehr zu tun, aber er tut es trotzdem. Er nimmt seinen Helm ab und lässt mich sein Gesicht sehen.

Es ist Dig.

Der Bruder der toten Trixi, der mit seinen zwanzig Jahren so taff ist wie zwei gestandene Männer. Der Kerl, der mir mit seinem Messer den Kopf aufgeschlitzt hat. Und da ist es schon wieder. Er hat es gezückt. Die Klinge sieht noch größer aus als in dem Moment, in dem sie mich erwischt hat. Vielleicht klebt noch mein Blut dran.

Ich greife in meine Tasche und taste nach dem Messer, das ich dem Mistkerl aus dem Krankenhaus abgenommen habe.

Es ist da, einsatzbereit.

Aber ich kann es nicht rausziehen. Das ist nicht gut, Bigeyes. Ich bin wieder wie gelähmt, so wie bei Paddy und dem anderen Mistkerl. Aber jetzt ist es noch schlimmer. Ich kann das Messer nicht mal rausziehen. Wenn Dig seines wirft, hat er leichtes Spiel.

Und er wirft es tatsächlich.

Ich sehe, wie es durch die Dunkelheit auf mich zuschwirrt. Ich weiß nicht, warum ich mich nicht von der Stelle rühre. Vielleicht will ich, dass es mich trifft. Aber das tut es nicht. Im letzten Augenblick sinkt es und bohrt sich in das Gras zwischen meinen Füßen.

Ich schaue auf das Messer runter, dann zu Dig rüber.

Er hat mich nicht verfehlt. Er hat zwischen meine Beine gezielt. Er hätte mich leicht treffen können. Ich bin nahe genug. Aber das wollte er nicht. Warum nicht? Ich weiß es schon, Bigeyes. Weil er sich sicher ist, dass ich mich nicht wehren kann. Nicht mal mit seinem eigenen Messer.

Ich beuge mich runter, hebe das Messer auf und betrachte es. Es hat eine fiese Klinge. Kein Wunder, dass es mich so übel verletzt hat. Es ist ziemlich schwer, viel schwerer als Trixis Schnappmesser oder das in meiner Tasche. Es gab Zeiten, da hätte mir dieses Scheißding gefallen. Ich nehme es fest in die

Hand und sehe Dig an. Ich taxiere ihn und schwinge meinen Arm nach hinten.

Er erstarrt.

Ich bleibe mit erhobenem Messer stehen. Ich will ihn vor Angst zittern sehen. Das schuldet er mir. Aber er verzieht keine Miene. Er sieht mich nur kurz abschätzend an, dann entspannt er sich. Ganz lässig steht er da und wartet. Er hat Mumm. Das muss ich zugeben. Ich hasse den Kerl, aber er ist knallhart.

Ich mache einen Schritt auf ihn zu. Er wird wieder steif. Jetzt ist er sich nicht mehr sicher. Jetzt habe ich ihn. Aber er rührt sich trotzdem nicht. Ich will, dass er zurückweicht, zur Seite springt, irgendwas. Aber nein. Er bleibt einfach stehen, wartet ab und beobachtet mich in der Dunkelheit. Dann spricht er, leise und mit schwerer Zunge.

»Du wirfst es eh nicht.«

Ich mache noch einen Schritt vorwärts. Er rührt sich immer noch nicht. Ich warte und beobachte ihn. Ich bin ihm jetzt so nahe, dass ich ihn blind treffen würde.

»Du wirfst es eh nicht«, sagt er noch mal. »Und das weißt du.«

Bilder kommen mir in den Kopf und es sind lauter Gesichter. Paddy, der Mistkerl aus dem Krankenhaus und die beiden Typen, die ich im Haus der Alten auf der Treppe sah. Alle machen sich über mich lustig, weil ich es nicht mehr fertigbringe.

Weil ich nicht mehr töten kann.

Und jetzt Digs Gesicht. Woher weiß er es? Haben meine Feinde es ihm erzählt? Oder sieht er es mir an? Erkennt er es an der Art, wie ich dastehe? Kann er es mir vom Gesicht ablesen? Wir sind einander jetzt nahe genug. Er kann meine Augen gut sehen. Und ich seine. Klar und deutlich.

Er beobachtet mich genau, aber sein Blick ist ruhig und entspannt. Es liegt überhaupt keine Furcht darin. Ich lasse den Helm zu Boden fallen und schwinge wieder das Messer über die Schulter. Er verzieht immer noch keine Miene, sondern beobachtet mich weiter. Dann schüttelt er den Kopf.

»Vergiss es. Du kannst dich ja kaum noch auf den Beinen halten.«

Er hat recht, Bigeyes. Ich schwanke und die Welt dreht sich wieder. Mir wird vor Angst und Erschöpfung wieder schwarz vor Augen. Und weitere Bilder schießen mir durch den Kopf – die liebe Becky, ihr totes Gesicht schaut mich an, und all die anderen, deren Anblick ich nicht ertragen kann. Die Gesichter, die nie verschwinden.

Und dazwischen das von Dig, das mich beobachtet.

Ich spüre, wie ich das Messer fallen lasse. Die Gesichter beginnen sich zu drehen. Die Dunkelheit nimmt zu. Ich erinnere mich nicht daran, umgekippt zu sein. Ich weiß auch nicht, wie lange ich bewusstlos gewesen bin. Aber als ich wieder zu mir komme und die Augen öffne, blicke ich in Digs Gesicht. Er hält mich fest, und das hasse ich.

»Lass mich los«, murmele ich.

Er reagiert nicht. Da schreie ich ihn an.

»Lass mich los! Lass mich sofort los!«

Neue Bilder schießen mir durch den Kopf, Bilder aus der Vergangenheit, bei denen sich mein Herz zusammenkrampft.

»Lass mich los! Lass mich endlich los!«

Er hält mich weiter fest. Ich spucke ihm ins Gesicht. Er dreht den Kopf weg und wischt sich mit dem Ärmel die Spucke ab. Dann packt er mich, trägt mich rüber zum Motorrad und verfrachtet mich auf den Soziussitz. Ich starre ihn böse an, aber mir wird schon wieder schwindlig. Ich sitze einigermaßen aufrecht da, aber in meinem Kopf dreht sich alles und mir wird wieder schwarz vor Augen.

»Blade!«

Digs Stimme klingt jetzt ganz fern.

»Du musst dich festhalten«, sagt er. »Du musst wach bleiben, verstehst du? Wir müssen nämlich gleich weiterfahren. Und wenn du ohnmächtig wirst, fällst du runter.«

Ich kann ihn jetzt gar nicht mehr sehen. Ich spüre irgendwas über meinem Kopf. Es ist der Helm. Er setzt ihn mir auf. Jetzt packt er meine Hände.

»Fass mich nicht an!«

Er ignoriert meinen Protest, legt meine Hände nach hinten und drückt meine Finger um etwas Kaltes.

»Das ist der Gepäckträger«, sagt er. »Halt dich daran fest.«

Ich umklammere den Gepäckträger.

»Jetzt deine Füße«, sagt er.

»Fass sie nicht an. Ich weiß, wo sie hingehören.«

Wieder ignoriert er meinen Protest. Er stellt meine Füße auf die Fußrasten und schwingt sich auf den Fahrersitz.

»Lass nicht los, Kleiner. Sonst bist du tot«, sagt er.

Er scheint auf eine Antwort zu warten, aber ich kann nicht sprechen, Bigeyes. Ich kann nicht einmal denken. Mein Kopf ist völlig benebelt. Aber ein bisschen Kraft steckt noch in mir. Vielleicht genug, um mich festzuhalten, vielleicht auch nicht. Das kümmert mich jetzt nicht.

Ich will nur, dass er losfährt, egal wohin.

»Fahr los«, murmele ich.

Er startet den Motor. Das Ding ist tierisch laut. Das müssen die Feinde auf der Straße drüben doch hören. Aber er fährt nicht in ihre Richtung. Das merke ich selbst in meinem benommenen Zustand. Er hat den Ständer hochgekickt und wir holpern wieder ohne Licht zwischen den Bäumen durch.

Ich habe keine Ahnung, wo er hinwill und was er mit mir vorhat, Bigeyes.

Aber weißt du was? Das ist mir scheißegal.

Mir fallen die Augen zu und ich drifte weg. Ich bin nicht mehr Blade. Ich bin kein Vierzehnjähriger, der sich hinten auf einem Motorrad festklammert. Ich bin gar niemand mehr. Ich bin nur ein Gedanke, der durch die Dunkelheit treibt.

Das gefällt mir.

Ein Gedanke, der durch die Dunkelheit treibt.

Es gibt keine Welt und kein Leben mehr. Und Blade ist auch weg.

Hoffentlich kommt er nie zurück.

Aber natürlich kommt er zurück. Zum Teufel mit ihm. Er ist wie ein Fluch. Obwohl ich weggedriftet bin, spüre ich seine Anwesenheit. Und deine auch, Bigeyes. Aber da sind noch andere Leute. Und ich meine nicht Dig.

Etwas ist passiert. Es sind mehrere Leute um mich rum. Das Motorrad ist weg. Ich weiß nicht, wo. Ich erinnere mich noch an die Bäume, aber das ist auch schon alles. Ich weiß weder, wo wir danach hingefahren noch wo wir abgestiegen sind. Ich weiß nur, dass ich jetzt woanders bin. Es ist dunkel in meinem Kopf. Ich kann mich nicht bewegen.

Und ich habe Angst.

Ich nehme Stimmen wahr, aber ich verstehe nicht, was sie sagen. Und ich höre noch was anderes, eine Art Brummen. Ich habe das Gefühl, dass ich eigentlich wissen müsste, was das ist. Aber mein Kopf funktioniert nicht mehr richtig. Meine Gedanken sind nur Fetzen ohne Zusammenhang und ohne Sinn.

Dann höre ich ein Wort, klar und deutlich.

»Jaz.«

Und nun sehe ich ein Bild. Das Gesicht der Kleinen. Sie schaut mich mit diesen Elfenaugen an. Sie lächelt nicht, sie weint nicht, sie sagt mir nicht, dass alles in Ordnung ist. Sie sieht mich nur an. Ich weiß nicht, ob sie wirklich da ist oder nur in meinem Kopf. Nun höre ich wieder die Stimme.

»Jaz.«

Es ist nicht die Stimme von Jaz, sondern die eines älteren Mädchens. Jetzt sehe ich mehr Bilder. Ich beginne mich zu erinnern. Ich ahne, wo ich bin und wer die Leute um mich rum sind. Aber ich kann sie immer noch nicht sehen. Nur Jaz. Aber das ist okay. Denn sie ist alles, was ich sehen will.

Ich versuche zu sprechen.

»Jaz, es tut mir leid, Baby.«

Sie antwortet nicht. Ich weiß nicht, ob sie mich gehört hat. Die andere Stimme ruft wieder.

»Jaz, nun komm schon.«

Jaz verschwindet und es wird wieder dunkel um mich. Ich höre nur noch das Stimmengewirr und das Brummen im Hintergrund. Jetzt weiß ich, was das ist. Ich weiß, was los ist. Ich bin in einem Van. Und Blade ist immer noch da, in meinem Innern eingesperrt. Er wird nie weggehen, Bigeyes, so sehr ich mir das auch wünsche.

Ich glaube, ich verliere gleich wieder das Bewusstsein. Ich spüre, wie ich wegdrifte. Und jetzt will ich es. Ich will wieder vergessen. Eine Zeit lang war ich nicht mehr ich und das war sehr angenehm. Die Dunkelheit überkommt mich, hüllt mich ein und trägt mich fort.

Aber nicht lange.

Ich bin bald wieder da, wo ich war, gestrandet wie Treibgut. Und so fühle ich mich auch. Als würde ich mit der Strömung hin und her treiben. Ich bin völlig wehrlos. Und ich kenne die Leute, bei denen ich bin, auch wenn ich sie nicht sehen kann. Der Motor wird lauter und nun höre ich noch andere Geräusche.

Sirenen.

Draußen müssen überall Bullen sein. Wegen der Morde in der Stadt. Vielleicht helfen die Sirenen ein bisschen, die Feinde auf Abstand zu halten. Eine wird immer lauter. Sie heult jetzt direkt hinter uns und Scheinwerfer strahlen den Van an.

Ich höre Stimmen in meiner Nähe. Und diesmal erkenne ich sie.

Es sind die Tussis, die da reden.

»Sie kommen uns zu nahe.«

»Vielleicht sind sie gar nicht hinter uns her.«

»Doch, bestimmt.«

»Vielleicht biegen sie ab.«

»Nein, sie wollen uns überprüfen.«

Von vorne schaltet sich eine Männerstimme ein.

»Sie drehen ab.«

Die Scheinwerfer entfernen sich und mit ihnen die Sirene.

Etwas Weiches berührt meinen Kopf, stupst mich. Es fühlt sich nicht wie eine Hand an. Ich habe keine Ahnung, was das ist.

»Halt still.«

Das ist eindeutig die Stimme von Tammy. Nun, da Trixi tot ist, hat sie die Führung übernommen. Frag mich nicht, wie ich das weiß. Sash wird das nicht gefallen. Und Xen und Kat auch nicht. Aber keine von den dreien wird sich mit Tammy anlegen. Sie war immer die Stärkste nach Trixi.

Nicht dass diese Veränderung mir irgendwie helfen würde. Tussis sind Tussis, und diese Bande hat mich immer gehasst. Wenn die sich um meine Wunde kümmern, dann nur um mich für irgendwas Schlimmeres fit zu machen.

»Halt still«, sagt Tammy noch mal.

Ich habe nicht gemerkt, dass ich mich bewegt habe.

»Mach die Augen auf«, sagt sie.

Mir war auch nicht bewusst, dass ich die Augen zuhatte. Ich öffne sie. Es ist immer noch schwarz um mich rum. Keine Gesichter, keine Gestalten. Dann sehe ich doch jemanden, ganz klar. Es ist nicht Tammy oder eine der anderen Tussis. Es ist wieder Jaz. Und sie ist wirklich da. Sie ist direkt neben mir.

»Jaz«, flüstere ich.

Ich spüre, wie mein Geist wieder wegdriftet und die Dunkelheit zurückkommt. Ich muss sie fernhalten. Ich muss mich auf Jaz konzentrieren. Sie streckt einen Arm aus und tupft mir die Stirn ab. Nun weiß ich, was mich gestupst hat. Sie hält einen alten Pulli in der Hand. Ich höre wieder Tammys Stimme.

»Deine Wunde blutet.«

Und nun sehe ich über mir ihr fieses Gesicht, das ich immer

gehasst habe, ihre kalten Augen, die mich feindselig und abschätzend ansehen.

»Halt still«, knurrt sie.

Sie wirft Jaz einen Blick zu.

»Gib mir das Ding.«

Jaz reicht ihr den Pulli. Tammy deutet mit dem Kopf zur Fahrerkabine des Vans.

»Geh zurück und setz dich zu Riff.«

Jaz verschwindet. Ich schließe die Augen und spüre wieder den Pulli auf meiner Braue.

»Du müsstest eigentlich tot sein.«

»Warum bin ich das nicht?«

»Gute Frage.«

Ja, Bigeyes, gute Frage. Sie hat recht. Ich müsste eigentlich tot sein. Aber vielleicht wird diese Flucht mich doch noch das Leben kosten. Vielleicht wird mein nächster Blackout der letzte sein. Der, aus dem ich nicht mehr erwache.

Ich dachte schon öfter, ich sei tot. Im Krankenwagen, im Krankenhaus, in den Armen des Mistkerls. Und später, als ich über die Dächer gesprungen und durch die Straßen gehetzt bin. Aber wie lange kann man mit so einer üblen Verletzung davonrennen?

Denn es hat mich übel erwischt. Das weiß ich.

»Die Wunde blutet stark«, sagt Tammy.

Ich antworte nicht. Sie redet eh nicht mit mir.

»Tam?«, sagt Sash.

»Was?«

»Kannst du die Blutung nicht stillen?«

»Das versuche ich doch die ganze Zeit.«

»Ich habe ja nur gefragt.«

»Nein, du wolltest damit sagen, dass ich unfähig bin.«

»He!«, ruft Riff von vorne. »Haltet die Klappe, ihr zwei!«

»Halt du die Klappe«, ruft Tammy zurück.

»Ihr Mädels seid ständig am Streiten.«

»Na und?«

»Hört auf damit. Ihr wisst, dass Dig das hasst«, sagt Riff.

»Aber er ist nicht hier, oder? Also halt dich raus«, entgegnet Tammy.

Riff sagt nichts mehr. Sash spricht, mit leiser Stimme.

»Die Blutung wird stärker.«

Tammy antwortet nicht. Ich spüre nur wieder den Pulli, und das Blut, das mir übers Gesicht läuft. Die Sirenen klingen nun weit entfernt. Ich kann sie noch hören, aber sie sind wie Stimmen aus einer anderen Welt. Mir wird wieder schwarz vor Augen.

Ja, komm, gnädige Dunkelheit, erlöse mich endlich. Ich habe genug. Nicht nur von den Schmerzen oder von dieser streitsüchtigen Bande, die irgendwas Übles mit mir vorhat, sondern von allem. Ich will nicht mehr. Soll mein Blut doch fließen.

Denn weißt du was, Bigeyes? Ich habe es nicht anders verdient. Es geschieht mir recht. Ich habe mehr Blut vergossen, als ich in meinem Körper habe. Wenn ich verblute, begleiche ich damit vielleicht einen kleinen Teil meiner Schuld und finde ein bisschen Frieden.

Und wenn ich tot bin, habe ich endlich meine Ruhe.

Licht. Eine neue Bewegung. Eine neue Angst.

Ich lebe noch. Und ich bin auf dem Wasser. Das spüre ich.

Die Wunde blutet nicht mehr, aber etwas anderes läuft mir übers Gesicht. Es ist Schweiß. Ich habe die Augen weit offen, aber ich sehe nur das Licht, sonst kann ich nichts erkennen. Aber ich spüre das Wasser.

Und meine Angst davor.

»Ich ertrinke.«

Ich murmele. Ich kann meine eigene Stimme hören. Sie klingt nicht nach mir, sondern nach einem Fremden mit einem Dachschaden. Aber es ist meine. Ich weiß es. Ich schwitze immer mehr. Ich spüre, wie mir die Schweißperlen den Hals runterlaufen.

Ich mache die Augen zu und wieder auf.

Das Licht ist immer noch da, aber jetzt kann ich mehr erkennen. Das Innere einer Kabine. Sie ist eng und dunkel und hat kleine Bullaugen. Ich liege zugedeckt in einer Koje. Ich weiß nicht, wie ich hierherkam. Es ist niemand bei mir. Jedenfalls sehe ich niemanden.

Aber ich bin nicht allein.

Ich höre Geräusche, von irgendwo hinter meinem Kopf.

Ich drehe ihn rum. Das tut weh, aber ich schaffe es. Da ist eine geschlossene Tür, wahrscheinlich eine weitere Kabine. Und die Geräusche kommen aus diesem Raum. Mir wird schnell klar, was dort drinnen abgeht.

Da bumst ein Pärchen.

Ich drehe den Kopf zurück. Das Boot schaukelt. Ich spüre, wie mein Körper sich verkrampft. Das Boot schaukelt erneut. Ich beginne zu zittern. Ich spüre die Nähe des Wassers, als würde sein Atem durch das Boot strömen – in mein Gesicht, in mein Herz.

»Nein!«, schreie ich.

Gepolter in der anderen Kabine. Die Tür geht auf und eine Gestalt stolpert heraus. Riff, der sich die Hose hochzieht. Dann eine zweite Gestalt, eine von den Tussis. Ich komme nicht auf ihren Namen. Die Angst vorm Ertrinken lähmt meinen Kopf. Sie zieht ihre Klamotten zurecht und legt mir eine Hand auf die Wange.

»Lass das«, knurre ich.

Sie nimmt die Hand weg. Ich starre sie zornig an. Jetzt fällt mir wieder ein, dass sie Kat heißt. Sie beobachtet mich scharf. Ihr Blick ist forsch, aber nicht so hart wie der von Tammy. Es liegt etwas Wärme darin. Nicht viel, aber ein bisschen. Und sie könnte einen besseren Stecher finden als Riff.

Sieh ihn dir an, diesen schmierigen Widerling, Bigeyes. Ich habe nicht vergessen, dass er mich an Paddy und die anderen Kerle verpfiffen hat. Die Frage ist, was für ein Spiel er jetzt spielt. Ich muss diese Angst unterdrücken und nachdenken. Ich habe keine Kraft und keinen Mumm mehr.

Aber ich lebe noch. Frag mich nicht, warum. Und da ist noch was, das ich gern wissen würde.

Wo ist der Rest der Bande?

Riff beantwortet meine Frage, als hätte ich sie laut gestellt.

»Hier ist sonst niemand. Außer mir und Kat.«

Ich sage nichts. Ich versuche immer noch nachzudenken.

»Warum hast du geschrien?«, fragt Kat.

Ich sage wieder nichts. Ich versuche immer noch nachzudenken. Ein Motorengeräusch. Es hört sich an wie ein vorbeifahrendes Schiff. Riff schaut durch ein Bullauge und dreht sich wieder um.

»Nichts«, sagt er zu Kat.

Dann trifft uns die Bugwelle. Das Boot beginnt zu schaukeln. Ich schreie wieder. Ich kann nicht anders.

»Nein! Nein!«

»Beruhige dich«, sagt Kat.

Sie streckt die Hand aus.

»Fass mich nicht an!«

»Okay, okay.« Sie zieht die Hand zurück und geht auf Abstand.

Beide beobachten mich jetzt mit zusammengekniffenen Augen, als wüssten sie nicht, was sie tun sollen. Ich bin schweißüberströmt. Das Boot hört auf zu schwanken und ich beruhige mich ein bisschen.

»Blade«, sagt Riff.

»Lass mich in Ruhe.«

»Hör zu, Blade.«

Ich blicke ihn finster an. Er ignoriert es und beugt sich vor. Ich sehe seine Augen ganz deutlich. Dunkle kleine Punkte, die hin und her huschen. Er lächelt. Aber es ist kein richtiges Lächeln. Nur sein Mund, der zuckt. Wie die unruhigen Augen.

»Du bist krank, Blade.«

»Du kannst mich mal.«

»Du bist krank. Du bist schwer verletzt. Ich weiß, warum du Angst hast. Du denkst, dass wir dich töten wollen. Aber das haben wir nicht vor. Wir wissen, was mit Trixi passiert ist. Wir wissen, wer sie umgebracht hat. Wir wissen, dass du es nicht warst.«

Ich drehe den Kopf weg. Ich kann den Anblick der beiden nicht ertragen. Ich wünschte, sie würden gehen. Ich will nachdenken. Ich muss dahinterkommen, was das alles soll. Ich muss meine Angst vor dem Wasser bekämpfen und meine Gedanken ordnen. Ich höre Kat sprechen, aber nicht mit mir. Sie flüstert dem Schleimer ins Ohr.

»Er hat eine Heidenangst.«

Riff grunzt.

»Blade«, sagt Kat. »Wir werden dir nichts tun.«

Ich zittere wieder und kann nicht aufhören. Wenn ich bloß irgendwie von dem Wasser wegkommen könnte. Aber ich sitze hier fest. Ich bin zu schwach, um mich zu bewegen, und kann kaum denken. Ich bin fertig, Bigeyes. Nicht nur weil Dig mir den Kopf aufgeschlitzt hat, sondern weil mein Fluchtversuch mich alles gekostet hat, was ich hatte.

Und alles nur für das hier, für nichts. Jetzt ist mir nur noch eines wichtig. Ich drehe den beiden den Kopf zu.

»Wo ist Jaz?«

Kat und Riff sehen einander an.

»Wo ist Jaz?«, frage ich noch mal.

»Bex kümmert sich um sie«, antwortet Kat.

Ich schließe die Augen. Einen Augenblick lang scheint alles gut, denn ich sehe das Gesicht der Kleinen im Dunkeln. Sie lächelt nicht, aber sie ist in Sicherheit. Dann spüre ich etwas an meiner Wange. Es ist nicht Kats Hand, sondern etwas Kaltes.

Ich ahne, was es ist.

»Nimm das weg«, sage ich.

Ich lasse die Augen zu und warte. Das Ding bleibt noch einen Moment da, dann verschwindet es. Ich öffne die Augen und sehe, wie Riff die Klinge des Schnappmessers zuklappt, das ich in meiner Manteltasche hatte. Zusammen mit anderen Sachen.

»Ich wollte es dir nur beweisen«, sagt er.

»Was?«

»Dass wir dir nichts tun werden. Ich wollte dir nur dein Messer zurückgeben.«

»Ich hatte die Augen zu. Wie sollte ich wissen, dass du mir nicht die Kehle durchschneiden würdest?«

»Aber das habe ich nicht, oder? Stimmt, du hattest die Augen zu. Du wärst also ein leichtes Ziel gewesen. Wenn ich vorgehabt hätte, dir die Kehle durchzuschneiden, würden wir jetzt nicht miteinander reden.«

Er mustert mich.

»Da«, sagt er und hält mir das zugeklappte Messer hin. »Ich wollte nur, dass du siehst, was ich tue. Jetzt kann ich es dir zurückgeben.«

Ich nehme das Messer nicht. Er legt es neben die Koje und richtet sich auf.

»Du hast also meine Taschen durchsucht«, sage ich.

Er antwortet nicht, sondern blickt nur Kat an. Ich versuche es noch mal.

»Was hast du mit den anderen Sachen gemacht?«

»Womit?«

»Mit den anderen Sachen.«

»Meinst du die zwölfeinhalb Riesen?«

»Ja, die meine ich.«

Er zuckt die Achseln.

»Betrachte es als Miete.«

»Du Scheißkerl.«

»Für eine sichere Unterkunft.«

»Du linker Hund.«

Seine Augen halten eine Sekunde lang inne, dann huschen sie wieder weg.

»Das Geld ist gut angelegt, wenn man bedenkt, vor welchen Gefahren wir dich beschützen. Sieh's doch mal so«, sagt er und beugt sich näher zu mir. »Die Polizei sucht dich überall. Und nicht nur die, sondern auch wer weiß wie viele andere Leute, ganz übleTypen. Wir wissen nicht, wer diese Kerle sind. Vielleicht klärst du uns mal auf.«

»Vielleicht auch nicht.«

»Wer sie auch sind, sie sind alles andere als nett. Aber das brauche ich dir wohl nicht zu sagen, oder?«

Das Boot schaukelt wieder. Ich klammere mich seitlich an der Koje fest. Da berührt meine Hand das Messer. Ich kralle die Finger um den Griff. Das Boot schaukelt weiter, dann beruhigt es sich langsam wieder. Ich halte das Messer hoch und lasse es aufschnappen.

Kat erstarrt. Riff lächelt nur.

»Es bringt dir nichts, wenn du dich mit uns anlegst, Blade. Denn wir sind jetzt die Einzigen, die für deine Sicherheit sorgen können. Du brauchst uns auf deiner Seite.« Er schüttelt den Kopf. »Schau dich an. Du bist verletzt. Du bist fertig. Und du hast Schiss. Du reagierst panisch.«

Ich starre kurz auf die Klinge, dann drehe ich sie nach unten und ramme die Spitze in die Koje. Das Messer zittert ein paar Sekunden lang, dann bleibt es ruhig stecken. Ich blicke finster zu Riff auf.

»Bald werdet ihr die Panik kriegen. Ihr alle.«

»Und warum?«, fragt er.

Ich fixiere die beiden eine Weile, bevor ich antworte.

»Weil das Pack, das hinter mir her ist, jetzt auch hinter euch her ist.«

Sie bringen mir Sandwiches aus einer Plastikbox, zwei Äpfel, eine unreife Banane und eine Flasche Mineralwasser. Ich esse, trinke ein wenig und schlafe ein. Als ich aufwache, ist es wieder dunkel, und ich bin allein.

Nur du bist noch da, Bigeyes. Und das stinkende Wasser. Ich habe eine Wollmütze auf dem Kopf und der Verband ist noch dran. Oder vielleicht ist es ein neuer Verband. Ich weiß es nicht. Er ist jedenfalls nass.

Ich habe es mit Mühe geschafft, aufzustehen, aber ich habe keine Kraft in den Beinen. Nicht viel jedenfalls. Gerade genug, um mich aufrecht zu halten, zu einem der Bullaugen rüberzuschwanken und rauszuschauen.

Ein vertrauter Anblick. Liegeplätze mit Booten, die in der Strömung schaukeln, und die Lichter des anderthalb Kilometer entfernten Hafenviertels. Ich kenne diese Gegend gut. Das Ende der Stadt, wo der Fluss ins Meer mündet. Aber ich habe es bisher noch nie vom Wasser aus gesehen.

Ich brauche dir ja nicht zu sagen, warum.

Wenigstens habe ich aufgehört zu zittern. Immerhin. Aber bei jedem Schwanken des alten Kahns würgt es mich im Hals. Und er schwankt oft. Vielleicht war er mal ein hübsches Motorboot, aber nun ist er eher ein schwimmendes Wrack. Zwei schäbige Kabinen und ein Ruderhaus. Es riecht nach Diesel und verrottendem Holz. Taue und Ketten liegen rum. Sonst nur Gerümpel.

Und es gibt kein Rettungsboot, mit dem ich an Land kommen könnte.

Ich kann mich nicht daran erinnern, dass Riff und Kat fortgingen. Ich muss geschlafen haben, als sie verschwanden. Aber ich bin froh, dass sie weg sind. Allein sitze ich hier vielleicht in der Falle, aber im Moment bin ich hier so sicher wie sonst wo, solange ich in der Kabine bleibe.

Das ist das Beste, Bigeyes, glaub mir. Ich sage dir, ich werde auf keinen Fall an Deck gehen, denn dort wäre ich dem Wasser zu nahe. Hier drinnen ertrage ich es gerade noch. Deshalb werde ich diese Kabine vorerst nicht verlassen. Ich muss sowieso außer Sicht bleiben.

Ich wünschte nur, ich könnte auch aus den Köpfen der Leute verschwinden, Bigeyes. Denn das ist das Problem. Ich bin inzwischen in den Köpfen zu vieler Leute. Jede Menge Bullen und Feinde suchen nach mir. Ich muss jeden Schatten beobachten.

Etwas bewegt sich auf dem Wasser.

Ich kann es nicht sehen. Es ist noch zu weit weg. Aber ich höre einen Motor. Er ist nicht laut. Wahrscheinlich nur ein Außenbordmotor. Das Boot kommt von rechts. Ich spähe durch die Bullaugen. Nichts. Nur das Wasser und die Lichter am Ufer.

Das Boot kommt näher. Es ist immer noch leise. Ich höre

nur ein Tuckern. Aber es wird langsamer. Da ist es, bei den Liegeplätzen drüben. Ich habe mich geirrt. Es hat keinen Außenbordmotor. Es ist eine Barkasse mit einer kleinen Hundehütte obendrauf und einem tuckernden Motor als Antrieb.

Im Cockpit sind drei Gestalten.

Eine davon ist der Dicke.

Diesen Kerl erkenne ich selbst im Dunkeln. Ich kann sein fettes Gesicht sehen. Ich drehe mich um und greife zur Koje rüber, in der noch das Messer steckt. Ich ziehe es raus, nehme es fest in die Hand und schaue wieder durchs Bullauge.

Die Barkasse ist noch langsamer geworden, aber sie fährt noch. Sie kommt nicht hierher, sondern kurvt immer noch bei den Liegeplätzen rum. Die drei checken die vertäuten Boote. Ich beobachte sie genau. Jetzt sind sie drüben bei dem Motorboot mit der kaputten Abdeckung.

Sie spähen durch die Bullaugen.

Einer klettert an Bord und schaut unter die Abdeckung. Jetzt ist er wieder zurück auf der Barkasse. Sie geben Gas und fahren weiter, aber nur bis zum nächsten Boot.

Dieselbe Prozedur.

Verdammt, Bigeyes, wenn sie mein Boot auch durchsuchen, bin ich geliefert.

Und das werden sie. Sie nehmen sich alle größeren Boote vor und werden auch auf dieses kommen. Wenigstens habe ich kein Licht an. Und meine Feinde scheinen nicht zu wissen, auf welchem Boot ich bin, weil sie alle überprüfen. Vermutlich hat irgendwer ihnen einen Tipp gegeben, aber keinen konkreten, sonst würden sie gezielter suchen.

Trotzdem muss ich mich verstecken.

Aber wo? In den Kabinen und im Ruderhaus würden sie mich schnell finden. Im Klo auch. Es bleibt also nur ein Versteck und das ist ein übles Loch. Da gehe ich nur rein, wenn es sein muss. Ich spähe aus dem Bullauge.

Vorsicht.

Ich muss die drei im Auge behalten, aber außer Sicht bleiben. Ja, sie durchsuchen alle Boote. Sie beschränken sich jetzt nicht mehr auf die großen, sondern schauen zur Sicherheit auch in die kleinen.

Sie steuern in meine Richtung.

Schnell!

Ich lege das Messer hin, ziehe mir den Mantel an, nehme das Messer wieder in die Hand und schaue mich um. Nur das Essen und das Mineralwasser würden ihnen verraten, dass ich hier gewesen bin. Ich stopfe die Bananenschale in die Plastikbox und stecke sie in die eine Manteltasche. Dann die Flasche in die andere.

Der Motor wird lauter.

Ich schleiche gebückt zur Vorderseite der Kabine und ins Ruderhaus rauf. Ich halte inne und horche. Sie sind inzwischen fast neben dem Boot angekommen. Runter in den Maschinenraum. Eigentlich ist das gar kein Maschinenraum, sondern nur ein ölverschmierter Verschlag, in den man nicht mal eine Ratte reinjagen würde.

Aber dort muss ich mich verstecken.

Irgendwie.

Ich zwänge mich hinein, um den Motor herum, schließe die kleine Tür hinter mir und halte sie zu. Im selben Augenblick höre ich meine Feinde an Bord klettern.

Alle drei. Da bin ich mir sicher, denn die Steuerbordseite hat sich stark gesenkt. Selbst der Dicke würde das allein nicht schaffen. Der Motor tuckert noch neben dem Boot, aber ich schätze, sie haben die Barkasse festgemacht und sind alle an Bord gekommen.

Drei Feinde.

Und ich.

Verdammter Mist.

Schritte auf Deck. Das Boot ist wieder auf ebenem Kiel. Die drei verteilen sich. Gleich werden sie sehen, dass die Luke offen ist, und zu den Kabinen runtersteigen. Dann werden sie ins Ruderhaus schauen. Und in den Maschinenraum.

Eine Stimme. Trotz des tuckernden Motors erkenne ich sie sofort.

»Die Luke ist nicht abgeschlossen«, grunzt der Dicke.

Ich höre, wie die Luke geöffnet wird. Schritte poltern in die Kabine runter, in der ich war. Eine Tür knallt, als jemand die andere Kabine durchsucht. Sie knallt noch mal, als er wieder rauskommt. Weitere Schritte.

Sie laufen zum Ruderhaus.

Ich hatte recht. Es sind drei. Das höre ich an den Schritten. Der erste ist im Ruderhaus, nun auch der zweite und der dritte. Einen kann ich durch einen Spalt in der Tür sehen. Und im Hintergrund ein Stückchen von ihrem Boot.

Gleich wird jemand die Tür aufreißen.

Und dann haben sie mich.

Der Dicke spricht.

»Ich sehe ihn.«

»Blade?«, fragt ein anderer.

»Ja.«

»Wo ist er?«

Er spielt mit mir, Bigeyes. Und er spielt mit seinen Kumpels. Er hat die kleine Tür entdeckt. Die anderen sicher auch, denn sie ist nicht zu übersehen. Und er hat gemerkt, dass ich mich dahinter verstecke. Er muss mich durch den Spalt gesehen haben. Ich umklammere das Messer in meiner Hand.

Hoffentlich ist noch ein Rest meiner früheren Kaltblütigkeit in mir.

Es ist riskant und sie werden mich trotzdem kriegen. Aber vielleicht kann ich vorher einen von ihnen ausschalten. Der Dicke spricht wieder.

»Da.«

Vermutlich deutet er zur Tür meines Verstecks runter.

»Am Ufer drüben«, sagt er. »Seht ihr ihn?«

Keine Antwort von seinen Kumpels, nur hastige Schritte.

Die Tür zum Ruderhaus knallt, als sie sie aufstoßen. Dann heult der Motor auf.

Und sie fahren davon, aufs Ufer zu.

Mensch, Bigeyes, ich danke diesem Kerl, den sie für mich halten. Hoffentlich passiert ihm nichts. Aber wer er auch ist, ich schulde ihm was.

Okay, ich muss noch eine Weile hier drin bleiben und abwarten.

Zur Sicherheit. Der Motor wird schnell leiser, weil sie auf die Tube drücken. Das ist gut, denn ich will sie vom Hals haben, aber ich darf mein Versteck noch nicht verlassen, so sehr ich es auch hasse.

Noch eine Minute. Ich muss ganz sichergehen. Eine weitere Minute, und dann noch eine. Jetzt kann ich es wagen. Ich stoße die Tür auf und krieche ins Ruderhaus zurück. Keuchend bleibe ich auf dem Boden liegen und – verdammt, Bigeyes, ich heule schon wieder.

Was ist nur mit mir los?

Ich verstehe das nicht, Bigeyes. Die Tränen und alles. Ich habe sonst nie geweint. Klar, als ich klein war, unter sieben, da habe ich oft geheult. Aber dann wurde ich härter und habe keine einzige Träne mehr vergossen. Nicht mal, als Becky gestorben ist. Ich hätte damals zwar am liebsten geheult, aber ich habe die Tränen unterdrückt. Das muss man, sonst machen sie einen fertig.

Hast du das verstanden, Bigeyes?

Man darf nicht schwach werden, sonst ist man erledigt. Aber jetzt kann ich die Tränen einfach nicht aufhalten. Seit meine Feinde wieder aufgetaucht und mir Bex, Jaz und Mary über den Weg gelaufen sind, schaffe ich das irgendwie nicht mehr. Es ist, als hätten sie die Tränen mitgebracht.

Also was nun?

Vor allem muss ich am Leben bleiben. Denn ich sage dir was, Bigeyes. Es geht nicht ums Gewinnen, sondern nur ums Überleben. Weißt du, warum? Weil man gegen diese Leute gar nicht gewinnen kann. Meistens schafft man es nicht mal, am Leben zu bleiben.

Nicht, wenn man sich mit ihnen anlegt. Es sind zu viele Feinde da draußen. All die Kerle, die mich jagen, und die höheren Tiere, für die sie arbeiten. Und über diesen höheren Tieren steht der übelste Abschaum überhaupt. Wir reden von sehr mächtigen und gefährlichen Leuten, Bigeyes. Glaub mir. Und die sind nicht nur in diesem Land ein Problem, sondern auf der ganzen Welt.

Ich sage dir, da draußen gibt es Leute, die alles verlieren können, wenn ich weiter frei rumlaufe. Warum? Weil ich gewisse Dinge weiß. Weil ich gewisse Dinge habe, die sie wollen. Und diese Dinge interessieren auch noch andere Leute, die Bullen eingeschlossen. Aber das ist nicht die größte Gefahr. Die größte Gefahr ist etwas, das ich nicht weiß, jemand, den ich nicht kenne.

Die Person an der Spitze.

Aber mach dir darüber jetzt keine Gedanken. Ich muss aufhören zu heulen, den Kopf klarkriegen und rausfinden, wo der Dicke und seine Kumpels hinsind. Ich schleiche geduckt zur Tür des Ruderhauses rüber. Sie hängt schief runter, nur noch an einer Angel. Ich bleibe unten und spähe raus.

Da ist die Barkasse, neben dem alten Schleppkahn vertäut. Keine Feinde in Sicht. Bestimmt sind sie sofort von Bord geklettert und dem Typen hinterhergerannt, den sie für mich hielten. Ich muss also vorsichtig sein und weiter das Ufer beobachten.

Denn wenn sie merken, dass sie den Falschen verfolgen, kommen sie zurück und suchen weiter.

Vielleicht kommen sie sogar noch mal auf dieses Boot.

Ich hasse es, hier in der Falle zu sitzen, Bigeyes. Und ich hasse das Wasser. Nun fühlt es sich noch näher an, weil die Kerle die Tür weggetreten haben. Ich sehe sein schwarzes Gesicht direkt vor mir. Vielleicht kann es meins auch sehen. Vielleicht habe nicht nur ich Angst, sondern das Wasser auch. Vielleicht hat es sogar Angst vor mir.

Aber das glaube ich nicht.

»Hast du Angst vor mir?« Meine Stimme klingt komisch. Wie ein Flüstern und ein Schrei zugleich. »He, hast du Angst?«

Das Wasser antwortet nicht. Es kräuselt nur seine schwarze Haut. Ich fröstele.

»Ich habe Angst vor dir. Das gebe ich zu. Ich traue dir nicht.«

Kleine Wellen laufen über die Wasseroberfläche und klatschen gegen das Boot.

Ich schiebe die Tür weiter zurück, beuge mich noch tiefer runter und krabble auf Händen und Füßen über die Schwelle. Ich wage es nicht, mich aufzurichten. Nicht nur, weil die drei mich dann sehen könnten, falls sie zurückkommen. Selbst wenn sie nicht in der Nähe wären, würde ich mich hier nur auf allen vieren fortbewegen.

Du weißt, warum.

Ich krieche langsam aufs Dollbord zu. Frag mich nicht, warum ich das tue. Vielleicht wäre ich mutiger, wenn das Wasser mir sagen würde, dass es auch Angst hat, aber es schweigt. Trotzdem muss ich irgendwie näher rankommen.

Ich muss das Monster niederstarren.

Vorsichtig krieche ich weiter, nun mit dem Bauch am Boden und mit zugekniffenen Augen. Ich wollte sie nicht schließen, aber sie sind von selbst zugegangen. Ich konnte nichts dagegen tun. Und nun bekomme ich sie nicht mehr auf.

Egal.

Ich werde sie in einer Minute öffnen, wenn ich da bin. Es ist nur noch ein kleines Stück. Ich robbe weiter. Ich muss mich dazu zwingen und werde immer langsamer, aber dann bin ich plötzlich da. Ich spüre, wie mein Kopf das Dollbord streift. Das Holz scheuert an meiner Wunde.

Ein heftiger Schmerz durchzuckt mich.

Und ich öffne die Augen.

Da unten ist das Wasser, so nah, dass ich es mit der Hand berühren könnte. Aber meine Hände sind ganz woanders. Mit der einen umklammere ich einen Ringbolzen, mit der anderen halte ich mich an einem pollerähnlichen Ding fest. Aber mein Kopf ragt über die Oberkante der Bordwand und ich blicke in dieses schwarze Gesicht runter.

»Du lachst mich aus, du Stinker?«

Das Wasser gurgelt gegen die Flanke des Bootes.

»Du lachst über meine Angst.« Ich spucke ins Wasser runter.

Ein Motorengeräusch lässt meinen Blick hochschnellen.

Die Barkasse bewegt sich wieder. Verdammt, Bigeyes, was tue ich denn? Ich hätte das Ufer beobachten sollen. Und jetzt sitze ich hier draußen fest. Wenigstens habe ich mich hingelegt. Aber wenn sie hierherkommen, bin ich geliefert.

Sie kommen nicht rüber.

Gott sei Dank. Sie fahren den Fluss runter. Ich sehe ihnen nach, während sie davontuckern. Ja, haut ab, ihr Mistkerle. Fahrt zur Hölle. Sie erreichen die Flussbiegung und verschwinden hinter ihr. Nun sind sie weg.

Ich blicke wieder runter aufs Wasser.

Dieses hämische Gesicht.

»Du lachst immer noch über mich.« Ich spucke wieder rein. »Aber das ist mir egal. Hier hast du was zu essen.«

Ich ziehe die Plastikbox aus der Tasche und halte sie ins

Wasser. Sie füllt sich und die Bananenschale schwimmt darin rum wie ein betrunkener Fisch. Ich lasse die Plastikbox los und das Wasser verschlingt sie.

»Hast du auch Durst?«, fauche ich.

Ich ziehe die Mineralwasserflasche raus.

»Willst du was davon, Stinker?«

Die Flasche ist fast voll. Ich habe vor dem Einschlafen nur ein paar Schlucke daraus getrunken. Ich lasse sie fallen. Es platscht leise, dann verschwindet auch sie im Wasser. Jetzt gibt es nur noch mich. Mich und das schwarze Gesicht, das mich hämisch angrinst. Als wäre es ihm scheißegal, ob ich lebe oder sterbe.

Ich ziehe das Messer raus, lasse es aufschnappen und starre wieder aufs Wasser runter.

»Ich würde dich töten, wenn ich könnte.«

Wieder laufen kleine Wellen über die Oberfläche des Wassers und gurgeln gegen den Rumpf des Bootes. Ich lasse das Messer fallen. Es sticht in das schwarze Gesicht und geht sofort unter. Ich spüre, dass mir wieder die Tränen kommen. Ich ziehe mich vom Bootsrand zurück und stehe auf.

Da sehe ich ein neues Boot auf dem Fluss.

Ich ducke mich wieder und spähe raus. Es ist ein kleines Ruderboot mit einer Person drin. Ich kann sie nicht erkennen. Es ist zu dunkel. Die Ruder platschen nicht, sondern bewegen sich ruhig und gleichmäßig durchs Wasser. Wer die Person auch ist, sie weiß, wie man rudert. Ich schleiche geduckt ins Ruderhaus zurück und spähe weiter raus.

Das Ruderboot kommt hier rüber.

Kein Zweifel. Es macht keine Kontrollrunde um die anderen Boote, sondern steuert direkt auf mich zu. Wenigstens sitzt nur eine Person drin. Ich habe also nur einen Gegner, wenn es zum Kampf kommt. Doch jetzt kann ich erkennen, wer es ist.

Bex.

Ich weiß nicht, ob ich froh oder wütend bin. Ich will von diesem Kahn runter. Aber ich will diese Tussi nicht um mich haben. Nicht nach ihren Lügen über Jaz. Sie hat mich zu übel verarscht. Das verzeihe ich ihr nicht.

Aber ein paar Minuten kann ich sie wohl ertragen, wenn sie mich an Land bringt.

Ich befürchte allerdings, dass es mehr als nur ein paar Minuten werden, Bigeyes. Denn die Wahrheit ist, dass ich immer noch keine Kraft habe. Jedenfalls nicht genug, um zu verschwinden. Zudem ist Bex bestimmt nicht allein. Sie rudert zwar allein her, aber die anderen warten sicher am Ufer.

Und ich werde ihnen nicht entkommen.

Aber die Hauptsache ist im Moment, dass ich von diesem Kahn runterkomme. Wenn ich erst an Land bin, werde ich entscheiden, was ich tue. Bex kommt näher. Sie rudert dieses Boot wie ein Profi. Das muss ich ihr lassen. Sie kann also noch was außer lügen.

Sie ist jetzt fast da. Sie hört auf zu rudern, dreht das Boot rum, sodass sie mit dem Gesicht zu mir dasitzt, und ruft übers Wasser.

»Blade!«

Ja, du dumme Tussi. Verrate der ganzen Welt, dass ich hier bin.

»Komm aus dem Ruderhaus raus und lauf zum Heck runter«, ruft sie. »Von dort ist es einfacher, ins Ruderboot zu kommen.«

Ich fasse es nicht. Diese Tussi ist einfach direkt hierhergerudert, und jetzt kräht sie so laut rum, dass jeder es hören kann. Sie schaut sich nicht mal um, um abzuchecken, ob Ärger droht. Ich muss sie stoppen, bevor sie was noch Gefährlicheres tut.

Ich haste aufs Deck raus und knurre zu ihr runter.

»Mach nicht so viel Krach.«

»Hier ist kein Mensch.« Sie blickt zu mir rauf und verdreht die Augen, als wäre ich ein Spinner. »Auf dem Fluss ist kein einziges Boot unterwegs. Geh rüber zum Heck.« Sie deutet mit dem Kopf hin. »Nach hinten.«

»Ich weiß, wo das Heck ist«, murre ich.

Sie antwortet nicht. Sie rudert bereits aufs Heck zu. Wir kommen gleichzeitig dort an.

»Spring rein«, sagt sie.

Ich starre runter. Das Ruderboot hüpft auf und ab wie ein Gummiball. Da steige ich nicht rein.

»Was ist?«, fragt sie.

»Nichts.«

»Du zitterst.«

Ich antworte nicht.

»Das ist nicht schwer«, sagt sie. »Das Wasser ist ruhig.«

Das stimmt nicht, Bigeyes. Vorhin war es ruhig, aber jetzt wogt es wie verrückt. Schüttle nicht den Kopf. Es wogt wie verrückt, sage ich dir.

»Hock dich einfach mit dem Hintern auf den Bootsrand«, sagt sie. »Dann streck die Beine runter und lass dich ins Boot gleiten. Ich helfe dir.«

»Nein, ich will nicht, dass du mir hilfst.«

Ich steige auf den Bootsrand und setze mich hin.

»Ich führe deine Füße«, sagt sie.

»Fass mich nicht an.«

Ich lasse mich langsam runter und halte mich dabei weiter seitlich am Motorboot fest. Bex packt meine Füße, bevor ich ihre Hände wegkicken kann, und lenkt sie zum Boden des Ruderboots.

»Lass das Motorboot los und setz dich hin«, sagt sie.

Ich lasse mich auf die Sitzbank im Heck plumpsen.

»Meine Güte, was für ein Aufstand«, murmelt sie.

»Rudere einfach.«

Sie beginnt zum Ufer zurückzurudern. Ich spreche nicht. Ich kann nicht. Ich habe Bex eh nichts zu sagen, aber das ist nicht der Grund. Ich bin total verkrampft, weil das Wasser so nahe ist.

»Was hast du denn?«

»Nichts. Wieso?«

»Du klammerst dich an der Bank fest, als würde dein Leben davon abhängen.«

»Rudere einfach weiter, okay? Und halt die Klappe.«

Das Erste tut sie, das Zweite nicht.

»Ich weiß nicht, warum du mich so angiftest. Ich habe dir nichts getan.«

»Du hast mir Lügen über Jaz erzählt.«

»Ach, und du hast mich nie belogen?« Sie hört auf zu rudern und fixiert mich. »Du hast doch die ganze Zeit gelogen.«

»Wie willst du das wissen?«

»Ich weiß es eben.« Sie starrt mich zornig an. »Oder willst du behaupten, dass du ehrlich zu mir warst?«

Ich zucke die Achseln.

»Du hast mir nichts erzählt«, sagt sie. »Nicht viel jedenfalls. Nichts über die Kerle, die hinter dir her sind. Und nichts über dich. Weder wer du bist noch was du getan hast. Und wie viel von dem, was du mir erzählt hast, hat gestimmt, hm? Vermutlich nichts.«

Ich sehe weg.

»Du hast mir nur Scheiße erzählt.«

Sie schimpft weiter.

Ja, ich weiß, Bigeyes. Sie hat recht. Aber ich hasse sie trotzdem. Und ich bin zu müde, um zu streiten. Ich will mich nur noch hinlegen, irgendwo, wo es sicher ist. Aber daraus wird heute Nacht wohl nichts. Wenn Bex wenigstens eine Weile den Mund halten würde.

Aber das ist wohl nicht zu erwarten.

»Ich hole dich wegen der Typen in der Barkasse«, sagt sie.

Ich blicke sie wieder an.

»Wir haben die drei gesehen. Ich und Dig. Wir waren am Ufer. Wir wollten dir noch was zu essen bringen und nach dir schauen.«

Sie mustert mich. Ich versuche in ihrem Gesicht zu lesen. Sie ist nicht mehr wütend. Das sehe ich. Aber mehr nicht. Ich glaube, sie will, dass ich ihr vertraue. Als ob ich das je tun würde.

Sie beobachtet mich immer noch.

»Dig hat mich geschickt«, sagt sie. »Er denkt, dass die Kerle vielleicht zurückkommen, weil sie noch nicht alle Boote durchsucht haben. Deshalb müssen wir dich heute Nacht woanders unterbringen.« Sie wirft einen Blick über die Schulter, dann sieht sie wieder mich an. »Allerdings wissen wir noch nicht, wo. Wir wissen nur, dass du nicht auf dem Boot bleiben kannst.«

»Wem gehört es?«

»Jojos Dad. Dieses Ruderboot ist auch von ihm.«

»Wer ist Jojo?«

»Xens Freund.«

»Ihr habt also noch zwei Leuten von mir erzählt.«

Bex schüttelt den Kopf.

»Jojo weiß nur, dass wir irgendeinem Kind helfen. Und sein Vater weiß gar nichts.«

Das gefällt mir nicht, Bigeyes. Das gefällt mir überhaupt nicht. Aber ich kann nichts daran ändern. Und mir ist wieder schwindlig, als würde mir gleich schwarz vor Augen werden.

»Blade?«, fragt Bex.

»Was?«

»Du siehst nicht gut aus.«

»Danke.«

»Deine Stirn …«

»Was ist mit meiner Stirn?«

»Na ja, sie …«

Ich fasse hin und spüre den Verband. Er ist noch dran, unter der Wollmütze, aber beides ist nass.

»Ich weiß«, sage ich. »Sieht übel aus.«

»Dig hat ein ganz schlechtes Gewissen deswegen.«

»Ein bisschen spät.«

Sie antwortet nicht. Wir sind inzwischen nahe am Ufer. Sie wirft einen prüfenden Blick über die Schulter. Ich erkenne eine Gestalt links am Steg drüben. Aber das ist nicht Dig, sondern eine von den Tussis.

Xen.

Ich schaue mich nach den anderen um. Keine Spur von irgendwem. Aber ich sehe einen Van, der oben an der Straße geparkt ist. Er sieht aus wie der, den Riff gefahren hat. Bex rudert auf den Steg zu. Ich blicke sie an.

»Wieso holst nur du mich ab?«

»Weil die anderen nicht gut rudern können.« Sie schnieft, wischt sich die Nase am Ärmel ab und rudert weiter. »Aber ich schon.«

»Woher kannst du das?«

»Ich bin am Meer geboren. Und ich musste meinen Scheißvater immer zu seinem Segelboot rausrudern.« Sie schnieft erneut. »Nur dass er nie segeln wollte.«

Sie verstummt, sieht weg und wieder her. Und plötzlich kann ich ihr alles vom Gesicht ablesen, was sie sagen will, aber nicht aussprechen kann. Ich starre sie an und schlucke heftig. Ich will ihr sagen, dass es mir leidtut, dass ich schon verstanden habe. Aber sie spricht zuerst, hastig und mit harter Stimme, als wolle sie mich vom Reden abhalten.

»Es gibt noch einen Grund, warum ich allein gekommen bin.«

»Ja?«

»Dig meint, ich wirke nicht so verdächtig.«

Ich will ihr trotzdem sagen, dass es mir leidtut. Denn ich weiß, was sie durchgemacht hat, Bigeyes. Aus eigener Erfahrung. Bei mir waren die Umstände zwar anders, aber es lief auf dasselbe raus. Ich sehe sie an und öffne den Mund, aber sie blickt mich zornig an. Da weiß ich, dass sie nichts hören will.

Ich schaue mich wieder um. Es hat sich nichts verändert. Da ist niemand außer Xen, die mit den Händen in den Taschen auf dem Steg wartet.

»Wie spät ist es?«, frage ich.

Bex hört nicht zu. Sie blickt wieder über die Schulter, während sie auf den Landungssteg zurudert.

»Bex, wie spät ist es?«

»Was weiß ich«, murmelt sie. »Zehn oder elf.«

Ich schaue mich erneut um. Wasser, Boote, das Ufer. Keine Spur von irgendwem außer Xen und uns beiden. Aber ich sage dir, Bigeyes, ich spüre überall Leute. Feinde, Bullen, und wer weiß, wer noch alles in der Nähe ist. Frag mich nicht, wie ich das weiß.

Bex steuert das Ruderboot neben den Steg und blickt zu mir rüber.

»Jetzt kannst du aufhören, dich an der Bank festzuklammern.«

Xen starrt mit grimmiger Miene und funkelnden Augen zu uns runter. Ihr Blick erinnert mich an den von Kat, nur dass er härter ist. Nimm dich in Acht vor dieser Tussi, Bigeyes. Trau ihr nicht. Und ich sage dir noch was. Ich bin zwar verletzt und schwach und bekomme nicht mehr alles mit, aber eins sehe ich.

Xen ist keine Freundin von Bex. Und die Abneigung ist gegenseitig. Schau dir die beiden an. Wenn Blicke töten könnten. Aber was zwischen den beiden abgeht, kann uns egal sein. Da ist Dig. Er beugt sich runter. Ich habe gar nicht gemerkt, dass er aus dem Van gestiegen und auf den Steg gelaufen ist. Das macht mir Angst.

So was ist mir bisher nie entgangen. Aber ich habe ihn nicht kommen sehen, und da ist er. Und nun fällt mir noch was anderes auf, an den beiden Tussis. Wie sie ihn ansehen.

Okay, alles klar. Wahrscheinlich merkt Dig es auch, und wahrscheinlich gefällt es ihm. Aber wen interessiert das? Mich jedenfalls nicht, Bigeyes. Das ist ihr Problem. Ich bin zu fertig, um mir darüber Gedanken zu machen. Ich will nur von diesem verdammten Wasser weg und irgendwo pennen. Es muss keine Hütte sein. Sie können mich auch einfach in dem Van zurücklassen. Das ist mir inzwischen egal.

»Holt ihn aus dem Ruderboot«, sagt Dig.

Ich weiß nicht, wie sie das schaffen, ohne meine Mithilfe. Aber irgendwie verfrachten sie mich auf den Steg. Jetzt stehe ich sogar, auf wackligen Beinen, und Dig bringt mich zum Van. Halb zieht er mich und halb trägt er mich. Und weißt du was?

Selbst das ist mir jetzt egal. Dass er mich anfasst und alles. Ich bin so erledigt, dass ich es kaum merke. Ich höre die Hecktür des Vans aufgehen und spüre, wie sie mich reinschubsen. Dann knallt die Tür zu und es ist dunkel. Irgendwer ist neben mir. Ich weiß nicht, wer.

Ich hoffe, dass es Jaz ist.

Aber es ist Bex. Jetzt sehe ich wieder. Ich drehe den Kopf rum und spähe nach vorn. Dig hockt auf dem Fahrersitz und Xen neben ihm. Sie sieht ihn wieder so an wie vorhin. Ich schätze, Jojo hat keine Chancen mehr bei ihr. Aber ich sage dir noch was.

Sie hat auch keine Chancen mehr bei Dig.

Denn eins ist sonnenklar: Dig hat jetzt eine andere. Eine, mit der er schon mal zusammen war und der er inzwischen nicht mehr böse ist. Das ist nicht zu übersehen. Ich lege mich hin und murmele Bex zu: »Du bist wieder mit Dig zusammen.«

Sie antwortet nicht. Ich schließe die Augen.

»Bex?«

»Was ist?«

»Hast du mit der Polizei gesprochen?«

»Nein.«

»Die haben dich gesucht.«

»Die suchen uns alle«, sagt sie. »Dich, mich und Jaz.«

»Aber ihr werdet doch gar nicht mehr vermisst, du und Jaz. Ihr seid doch wieder nach Hause zurück. Sicher kamen ein paar Bullen vorbei, um dich auszufragen. Also was hast du denen erzählt?«

»Ich habe ihnen gar nichts erzählt. Als sie kamen, habe ich mich mit Jaz verdrückt.«

»Du giltst also immer noch als vermisst?«

»Ja.«

»Und Jaz auch?«

»Ja.«

Das gefällt mir nicht, Bigeyes. Was Bex tut, ist ihre Sache. Ich weiß, dass sie Angst vor den Bullen hat. Das hat sie mir mal erzählt. Aber Jaz ist was anderes. Ich finde es gar nicht gut, dass das Kind in die ganze Sache reingezogen wird. Aber darüber kann ich mir jetzt keine Gedanken machen.

Dig ruft nach hinten: »Leg ihm die Decke über.«

Bex tut, was er sagt. Die Decke riecht muffig, aber sie ist warm.

»Er muss außer Sicht bleiben. Sorg dafür, dass er liegen bleibt«, fügt Dig hinzu. Damit habe ich kein Problem, Bigeyes. Denn ich bewege mich eh nicht. Dig startet den Motor und wir fahren los. Ich spüre, dass Bex sich über mich beugt. Aber ich lasse die Augen zu.

»Du musst unten bleiben«, sagt sie.

Ich antworte nicht. Sie redet weiter.

»Überall sind Polizisten. Und andere Idioten. Wie diese Typen. Du weißt vermutlich, wer die sind. Aber das willst du uns wohl nicht verraten.«

Ich sage nichts. Ich spüre, wie die Dunkelheit mich einhüllt. Und das ist angenehm.

»Mist!«, ruft Dig plötzlich.

»Was ist los?«, fragt Bex.

»Polizeiautos. Und ein Motorrad.«

Ich lasse die Augen zu und ziehe die Wollmütze ins Gesicht. Ich weiß nicht, warum der Rummel da draußen mich nicht aufregt. Vielleicht weil ich weiß, dass ich eh nichts machen kann. Ich habe keine Kraft mehr, um zu kämpfen oder zu fliehen. Ich stecke hier fest, aber im Moment ist mir das gleichgültig. Ich muss keine Entscheidungen treffen. Das ist jetzt Digs Sache. Er biegt in eine Seitenstraße ab, um uns aus der Gefahrenzone zu bringen.

Aber bald flucht er wieder.

»Verdammt! Da sind noch mehr von den Mistkerlen.«

Er biegt erneut ab, und wir fahren weiter, mal nach links, mal nach rechts, von einer Straße in die andere. Nach vielen Richtungswechseln höre ich wieder die Bremsen quietschen. Und Dig trommelt nervös aufs Lenkrad.

»Ach du Scheiße, jetzt halten sie den Verkehr an. Ich kann sie sehen, da vorne auf der Straße.«

»Wie viele sind es?«, fragt Bex.

Xen schnaubt verächtlich.

»Bist du blind oder was?«

Bex schnauzt zurück: »Natürlich nicht! Aber ich habe woanders hingeschaut.«

»Dann dreh den Kopf rum.«

»Ich muss Blade im Auge behalten.«

»Wozu? Der schläft doch, oder?«

»Ich weiß nicht.«

»Ach, der hat sich doch seit Ewigkeiten nicht gerührt.«

»He!«, knurrt Dig die beiden an. »Hört auf zu zanken. Ich muss nachdenken. Ich muss mir überlegen, wie ich um die Polizeiautos rumkomme.«

»Sorry, Dig«, sagt Xen.

Stille tritt ein. Und anscheinend will keiner das Schweigen brechen, weil keiner weiß, was zu tun ist. Da rufe ich:

»Bieg nach links ab, in die Adams Street. Fahr sie halb runter und nimm dann die kleine Gasse auf der rechten Seite. Die ist gerade breit genug, um mit dem Van durchzukommen. Dann über die St. Stephen's Gardens zurück, und schon hast du die Polizei umfahren.«

Wieder Stille. Ich höre nur noch das Geräusch des laufenden Motors. Dann fragt Dig: »Woher weißt du, wo wir sind?«

Ich antworte nicht.

»He, seit wir vom Fluss weggefahren sind, liegst du mit dieser Mütze über den Augen da. Ich kann dich im Rückspiegel sehen. Du hast dich nicht mal bewegt. Und wir haben wer weiß wie oft die Richtung gewechselt.«

Ja, Diggy, da staunst du. Aber wenn du diese Stadt so gut kennen würdest wie ich, wüsstest du, dass es kein Problem ist, den Überblick über alle Straßen zu behalten, die man genommen hat. Selbst wenn man die Augen zuhat und so fertig ist wie ich. Ich habe jeden Augenblick gewusst, wo wir waren.

Ich ziehe die Mütze noch tiefer ins Gesicht.

»Jetzt fahr schon nach links in die Adams Street, solange du es noch kannst.«

Er sagt nichts mehr. Ich höre den Motor aufheulen. Dann biegen wir nach links ab, und ich spüre, wie wir die Adams Street runterrumpeln.

»Ich sehe kein Gässchen«, murrt er.

»Es ist gleich hinter dem Feinkostgeschäft.«

»Ich sehe kein Feinkostgeschäft«, sagt Xen.

»Es ist weiter unten.«

Sie faucht zurück: »Wie willst du das denn wissen, wenn du gar nicht rausschaust?«

»Ich brauche nicht rauszuschauen. Ich weiß auch so, wo wir sind.«

»Du bist ein komischer Vogel.«

»Und du eine blöde Kuh.«

Sie schnieft beleidigt, sagt aber nichts mehr. Neben mir kichert Bex. Ich rufe Dig zu: »Jetzt müsstest du das Feinkostgeschäft sehen.«

»Ja, ich seh's.«

»Beim Abbiegen musst du aufpassen. Die Gasse ist sehr eng.«

Dig bremst ab, fährt in einem großen Bogen um die Ecke des Feinkostgeschäfts und dann die Gasse runter. Ich spüre, wie die Räder über das Pflaster holpern. Wir erreichen das Ende der Gasse, und ich spüre, dass er abbiegt und die St. Stephen's Gardens entlangfährt.

»Du hast recht«, sagt er nach einer Weile. »Wir sind an den Bullen vorbei.«

Kluger Junge, Diggy. Aber wir sind noch nicht aus dem Schneider. Denn da sind sicher noch mehr. Und die Bullen sind noch die nettesten von den Leuten, die heute Nacht unterwegs sind. Ich schiebe die Hand unter die Wollmütze und taste meine Stirn ab. Der Verband und die Mütze fühlen sich feucht an. Aber ich glaube, die Wunde hat aufgehört zu bluten.

Ich wünschte nur, ich hätte mehr Kraft und wieder einen klaren Kopf. Ich sehe schwarz für diese Nacht, Bigeyes. Denn eins steht fest: Dig hat keine Ahnung, wo er mich hinbringen soll. Er hat mich gerettet – ja, das hat er. Ich weiß nicht, warum. Wahrscheinlich hat er Schuldgefühle, weil er mich so übel zugerichtet hat, nun da er weiß, dass ich Trixi nicht umgebracht habe.

Aber er hat keinen Schimmer, was er mit mir machen soll.

Und er gerät allmählich in Panik.

Er hat die Bullen und meine Feinde am Hals und mich hilflos in seinem Van liegen. Und er hat ein schlechtes Gewissen, weil er mir mit seinem Messer den Kopf aufgeschlitzt hat. Der arme Kerl. Denn ich sage dir was, Bigeyes. Es ist hinderlich, ein Gewissen zu haben, wenn man am Leben bleiben will. Deshalb sitzt er nun in der Scheiße.

Er fährt die St. Stephen's Gardens entlang und hat keine Ahnung, wo er mich hinbringen soll. Frag mich nicht, wie ich das weiß. Da hast du's. Wir haben das Ende der Straße erreicht und er hat angehalten. Ich sehe auch mit geschlossenen Augen, dass er sich den Kopf zerbricht, weil er keinen Plan hat. Und ihm fällt keine Lösung ein.

Ich rufe nach vorn: »Fahr den Wisteria Drive runter, dann

die zweite Straße rechts, dann die erste links und dann immer geradeaus, bis du zu den Schrebergärten kommst.«

Wieder Stille, nur der laufende Motor brummt. Ich spüre, dass mich alle anschauen. Sie haben jetzt Angst vor mir, Bigeyes. Glaub mir, ich weiß es. Deshalb muss ich vorsichtig sein. Manche Leute werden gefährlich, wenn sie Angst haben. Und diese hier waren vorher schon gefährlich.

Sie haben mir zwar geholfen, aber die Situation kann schnell kippen.

Ich lasse die Augen zu und bleibe ruhig liegen. Die Dunkelheit fühlt sich warm an. Der Motor heult wieder auf. Kein Wort von Dig, aber er tut, was ich gesagt habe. Den Wisteria Drive runter, die zweite Straße rechts, dann die erste links. Nun sind wir auf dem Weg zu den Schrebergärten.

»Folge der Straße um die Kurve«, sage ich. »Lass die Schrebergärten rechts liegen.«

»Warum setzt du dich nicht hin?«, fragt Xen. »Setz dich hin und schau raus.«

Hörst du das, Bigeyes? Ihre Stimme klingt nervös, schärfer als vorhin. Ich habe dir doch gesagt, dass sie Angst hat. Deshalb ist sie jetzt wieder gefährlich.

»Ich bin zu müde, um mich hinzusetzen«, sage ich.

»Wohin jetzt?«, ruft Dig.

»An der Weggabelung rechts. Dann wieder rechts. Diese Straße führt …«

»Ich weiß, wo diese Straße hinführt«, sagt Dig und fügt

nach einer kurzen Pause hinzu: »Ich wohne schließlich in dieser Stadt.«

Er klingt nun auch gereizt.

Ich muss vorsichtig sein, Bigeyes. Ich muss aufpassen, was ich tue. Das sind keine Freunde. Sie helfen mir im Moment, aber sie sind keine Freunde von mir. Ich bin nur hier, weil Dig Schuldgefühle hat, aber die werden bald nachlassen. Und wenn es soweit ist, bin ich erledigt.

Ich kneife die Augen zu und versuche nachzudenken.

Aber es fällt mir schwer. Es passiert einfach zu viel. Ich höre, dass Dig beschleunigt.

»Fahr langsamer«, rufe ich.

»Die Straße ist leer«, entgegnet er.

»Die Straße ist nie leer.«

»Was soll das heißen?«

»Das ist jetzt egal. Fahr einfach langsamer.«

Er fährt ein bisschen langsamer, aber immer noch zu schnell. Ich weiß, was los ist. Er wird nervös. Ja, Bigeyes, sogar Dig. Ich muss ihn irgendwie bremsen.

»Du musst langsamer fahren«, sage ich. »Mit normaler Geschwindigkeit.«

»Es ist niemand in Sicht. Wir haben die Häuser gerade hinter uns gelassen. Wer soll uns jetzt noch sehen?«

»Das würdest du nicht wissen wollen.«

Er verstummt und fährt noch ein bisschen langsamer. So

ist es besser, aber er ist immer noch zu schnell. Der Dummkopf. Ich schulde ihm was, aber er ist ein Dummkopf. Er ist bereits einigen von meinen Feinden begegnet und hat gesehen, wozu sie fähig sind. Er hat sich wahrscheinlich zusammengereimt, dass einer von ihnen seine Schwester umgebracht hat. Er muss die Nerven behalten, sonst sind wir erledigt.

»Wohin jetzt?«, ruft er nach hinten.

»Fahr einfach weiter die Baltimore Road runter.«

Er grunzt, sagt aber nichts mehr. Ich muss aufpassen, Bigeyes. Ich werde ihm unheimlich und das gefällt ihm nicht. Ich setze mich besser hin. Es irritiert ihn, dass ich daliege und trotzdem weiß, wo wir sind.

»He«, sagt Bex. »Du sollst doch liegen bleiben.«

Ich sehe sie an. Ich weiß nicht, warum, aber ich habe gar nicht mehr so viel gegen sie. Sie erwidert meinen Blick. Auf ihrem Gesicht liegt ein Ausdruck, den ich bisher noch nicht bei ihr gesehen habe. Er ist nicht unbedingt freundlich, aber auch nicht feindselig.

Von Xen kann ich das nicht sagen. Sie hat sich auf dem Beifahrersitz rumgedreht und taxiert mich. Ich bleibe ruhig und sehe sie ebenfalls durchdringend an. Sie beobachtet mich noch ein Weilchen, dann wirft sie einen kurzen Blick auf Bex und lehnt sich zu Dig rüber.

»Dig?«, sagt sie.

»Was ist?«

»Er hat sich hingesetzt.«

»Das habe ich gesehen.«

Ich fange Digs Blick im Rückspiegel auf. Schwer zu sagen, ob er erleichtert oder verärgert ist. Auf jeden Fall hat er Angst. Nicht so viel wie Xen, aber er beginnt sich zu verkrampfen. Ich beobachte ihn im Rückspiegel. Er behält mich auch im Auge, dreht sich aber nicht um.

»Noch anderthalb Kilometer«, sage ich.

»Und was dann?«

»Dann siehst du eine Kreuzung mit einem Pub namens ...«

Er schneidet mir das Wort ab. »Queen Anne. Ich kenne ihn.«

»Du fährst über die Kreuzung und direkt danach ist eine Abzweigung nach rechts.«

»Und die nehmen wir?«

Xen beäugt ihn von der Seite. Sie hat mich wieder beobachtet, aber sie checkt auch ihn ab. Und in ihrem Gesicht ist etwas, das vorhin nicht da war, Bigeyes. Ich weiß nicht, was es ist. Aber sie sieht Dig jetzt anders an.

Und mich sieht sie auch anders an.

Dann begreife ich, warum. Sie fragt sich, wer das Sagen hat. Denn sie weiß es nicht mehr und das nervt sie. Mich hasst sie eh schon, aber wenn das so weitergeht, wird sie Dig am Ende auch hassen. Vielleicht tut sie es bereits.

Dig spricht wieder.

»Du hast meine Frage nicht beantwortet.«

»Nein, wir fahren weiter. Am Queen Anne und an der Abzweigung vorbei.«

»Warum hast du den Pub und die Abzweigung dann überhaupt erwähnt?«, fragt er.

»Weil gleich nach der Abzweigung ein kleiner Weg kommt«, erwidere ich mit ruhiger Stimme. »Und den kann man leicht übersehen. Deshalb musst du langsamer fahren, wenn du zu dem Pub kommst, und noch langsamer, wenn du die erste Abzweigung nach rechts siehst. Der Weg ist nämlich gleich dahinter und er ist schmal. Wenn man nicht genau hinsieht, fährt man dran vorbei.«

Dig sagt nichts mehr, sondern fährt einfach weiter. Xen beobachtet mich noch ein Weilchen, dann wendet sie sich ab. Ich lege mich wieder hin, nun mit offenen Augen. Bex beaufsichtigt mich wieder. Es ist schwer, in ihrem Gesicht zu lesen, aber sie ist nicht verärgert. Das sehe ich. Sie streckt eine Hand aus.

»Fass mich nicht an«, sage ich.

Sie zieht die Hand zurück, dreht den Kopf weg und murmelt: »Sie fragt immer wieder nach dir.«

»Wer?«, frage ich.

Aber ich kenne die Antwort natürlich, Bigeyes. Bex wendet sich mir wieder zu.

»Du weißt, wen ich meine.«

Ich stelle mir das Gesicht von Jaz vor. Ich wünschte, sie wäre bei mir, aber ohne die ganze Kacke hier. Die Gefahr, diese Bande und alles. Ich meine, ich wäre gern mit ihr irgendwo anders. In einem kleinen Zimmer in einer kleinen Hütte, mit Bildern an den Wänden, Mobiles, die von der Decke hängen, Spielsachen, Büchern. Ja, mit ganz vielen Büchern. Ich wünschte, wir hätten das alles.

Ich könnte sie dazu bringen, mir wieder zu vertrauen. Mich vielleicht sogar zu mögen. Ich weiß, dass ich das könnte. Bex redet weiter.

»Du hast sie damals furchtbar erschreckt. Aber als sie sich beruhigt hatte, wollte sie wissen, wo du bist. Und seither fragt sie immer wieder nach dir.«

»Wo ist sie jetzt?«

»In Sicherheit.«

»Wenn sie an einem sicheren Ort ist, dann sorg dafür, dass sie dort bleibt, ja?«

Bex antwortet nicht.

»Da vorne ist der Pub«, ruft Dig.

Ich setze mich wieder hin und schaue raus.

»Okay. Siehst du die Abzweigung rechts hinter der Kreuzung?« Ich beuge mich vor und deute hin.

»Ja.«

»Fahr langsam drauf zu, denn gleich dahinter ist der kleine Weg.«

Er fährt immer noch zu schnell, Bigeyes. Aber das kann ich nicht ändern. Er fährt, wie er will. Wir rattern am Pub vorbei und über die Kreuzung. Da ist die Abzweigung. Dig bremst endlich ab und sucht mit den Augen die rechte Straßenseite ab.

»Ich sehe keinen Weg«, murmelt er.

»Ein Stückchen weiter vorn. Gleich siehst du ein paar Büsche und …«

»Da!«, ruft Bex.

Sie ist nach vorne gekommen und späht mit uns raus. Xen blickt sie kurz böse an, als würde sie sich ärgern, dass sie den Weg nicht selbst entdeckt hat. Bex beachtet sie nicht und deutet darauf.

»Da, Dig.«

»Ich sehe ihn.«

Er schaut sich um und biegt in den Weg ein. Äste streifen den Wagen, als wir langsam reinfahren.

»Verdammt eng«, murrt er und fragt mich über die Schulter: »Was ist das für ein Gebäude?«

»Ein Privathaus.«

»Im Ernst?«

»Ja. Fahr weiter, bis wir von der Straße aus nicht mehr zu sehen sind. Es ist nur ein kurzes Stück. Der Weg macht gleich da vorn eine Kurve.«

Er tut, was ich sage. Ich schaue prüfend nach hinten, um mich zu vergewissern, dass die Luft rein ist.

»Okay. Halt an.«

Er hält an und schaut sich um. Ich beobachte ihn. Da sehe ich auf seinem Gesicht den gleichen Ausdruck wie vorhin auf dem von Xen. Er fragt sich wie sie, wer das Sagen hat. Denn er weiß es nicht mehr und hat Angst, nicht mehr derjenige zu sein, der bestimmt, wo's langgeht.

Er lässt den Blick zu Xen, zu Bex und dann wieder zu mir schweifen. Ich muss geschickt taktieren, Bigeyes. Ich muss ihm seine Macht irgendwie zurückgeben. Oder ihn zumindest glauben machen, dass er das Sagen hat. Das Problem ist, dass er nicht weiß, was er als Nächstes tun soll. Aber ich weiß es.

»Was jetzt?«, fragt er mich mit finsterer Miene.

Ich deute mit dem Kopf nach links.

»Fahr den Wagen zwischen die Bäume da.«

»Du meinst, vom Weg runter?«

»Ja. Versteck den Wagen. Für den Fall, dass jemand, der uns sucht, hier auftaucht.«

Und das könnte jeden Augenblick passieren. Denn ich sage dir, Bigeyes, die Straße, die wir gerade verlassen haben, war nicht leer. Dig hat das vielleicht geglaubt, aber ich weiß es besser. Er fährt vom Weg runter. Der Van holpert übers Gras und zwischen die Bäume.

»Noch ein Stückchen weiter«, sage ich.

»Halt die Klappe.« Er wirft mir einen ärgerlichen Blick zu. »Ich weiß schon, was ich tue.«

Er fährt um die größte Baumgruppe rum, hält an und schaltet den Motor aus. Stille senkt sich auf uns wie ein Nebel. Alle sehen mich an und warten.

»Was jetzt?«, fragt Dig.

Ich erwidere seinen Blick und plötzlich kann ich nicht mehr sprechen. Meine Kehle ist wie zugeschnürt. Weißt du, warum, Bigeyes? Weil ich jetzt was tun muss, bei dem mir total unwohl ist. Denn erstens sind schon zu viele Leute wegen mir gestorben, und zweitens will ich eigentlich keine Leute in meine Hütten mitnehmen, nicht mal in so einem Notfall.

Und schon gar nicht Leute wie Digs Bande.

Außerdem ist diese Hütte was Besonderes. In dem großen, verwinkelten alten Haus am Ende des kleinen Weges wohnt nur ein älterer Herr. Und der ist zurzeit nicht da. Das weiß ich, denn ich sehe immer seinen Terminkalender durch, wenn ich da bin. Er ist Philosophie-Professor und hält in der ganzen Welt Vorlesungen. Ein vielbeschäftigter Mann.

Ich mag ihn. Eigentlich ist er ziemlich hilflos. Er weiß zwar sehr viel, aber er kann weder kochen noch seine Klamotten in Ordnung halten noch den Zaun reparieren. Und die Alarmanlage kann er auch nicht einstellen. Als seine Frau noch da war, hat sie diese Dinge für ihn erledigt. Damals war vieles anders. Wenn sie daheim war, konnte ich diese Hütte kaum benutzen.

Aber sie ist letztes Jahr gestorben und seither ist er traurig und tut mir echt leid. Ja, ich mag ihn sehr. Das weiß er natürlich nicht. Er weiß nicht mal, dass ich existiere. Aber er ist ein netter alter Herr, und ich will nicht, dass Digs Tussis sich über seine Sachen hermachen.

Oder noch schlimmer … viel schlimmer …

Ich will nicht, dass meine Feinde ihm was antun.

Ich sage dir, Bigeyes, das könnte ich nicht ertragen.

»Also was jetzt?«, fragt Dig.

Ich starre aus dem Wagenfenster. Es ist nur ein Katzensprung. Am Ende des Weges wartet ein großes, warmes Haus, dessen Bewohner nicht da ist. Und er kommt erst in einer Woche zurück.

Ich muss es tun, Bigeyes. Ich brauche dringend Schlaf. Und irgendwie muss ich dieser Bande vertrauen. Aber in meinem Kopf ist nur das Gesicht des alten Professors. Er schaut mich an. Und ich ihn. Er sieht nicht glücklich aus. Aber ich vermutlich auch nicht.

Es tut mir leid, alter Freund, es tut mir echt leid.

Sein Gesicht verändert sich nicht. Ich blicke zurück zu Dig und den Tussis.

»Kommt mit«, sage ich.

Wir steigen aus dem Van, laufen den Weg rauf und dann um die Rückseite des Hauses. Ich sehe immer noch das Gesicht des alten Professors vor mir. Ich versuche es aus meinem Kopf zu verbannen und mich auf das zu konzentrieren, was ich tun muss. Aber das fällt mir schwer. Ich bin so fertig, dass ich kaum denken kann.

Ich weiß nur, dass ich ins Haus kommen und mich hinlegen muss.

Und ich muss versuchen, diese Bande davon abzuhalten, das Haus zu verwüsten. Denn sie wird überall rumstöbern, Bigeyes. Nach dieser Nacht werde ich es nicht mehr als Unterschlupf benutzen können. Das ist das letzte Mal.

Aber ich habe keine andere Wahl.

Entweder ich lasse sie rein, oder wir müssen ein anderes Versteck suchen, und im Moment gibt es kein besseres. Jedenfalls fällt mir keins ein. Und die anderen hatten auch keine Idee.

»Bist du dir sicher, dass es hier okay ist?«, fragt Dig.

Ich bleibe stehen und blicke zu ihm zurück. Er beobachtet mich aus der Dunkelheit, mit scharfen Augen. Xen und Bex stehen links und rechts neben ihm und beobachten mich auch. Ich zucke die Achseln.

»Ja.«

»Ist niemand im Haus?«, fragt Dig.

»Nein.«

»Aber da oben brennt Licht.«

Da oben brennt immer Licht, Bigeyes. Und auf der anderen Seite des Hauses wird auch eins an sein, im Wohnzimmer im Erdgeschoss. Die Vorhänge werden zugezogen sein und das Radio wird laufen. Auf diese Weise versucht der gute Professor der Welt vorzumachen, dass er da ist, wenn er weg ist.

»Das Haus ist leer«, sage ich.

Ich warte nicht auf eine Antwort, sondern laufe weiter um das Gebäude rum. Ich muss wie immer alles abchecken, nur für den Fall, dass mir was entgangen ist. Aber es ist alles in Ordnung. Das Auto ist weg, die Garage leer. Das Licht oben ist dasselbe wie immer.

Die Lampe über dem Treppenabsatz.

Wir laufen weiter. Jetzt nähern wir uns dem Wohnzimmerfenster.

»Ich höre was«, flüstert Xen. »Ein Radio.«

»Es ist niemand da«, sage ich.

Eine Hand packt mich an der Schulter. Es ist Dig. Ich brauche mich nicht umzudrehen. Aber ich tue es trotzdem, ganz langsam. Ich sehe ihm in die Augen und da ist wieder diese Machtfrage. Er hasst es, nicht zu wissen, ob er das Sagen hat. Ich muss aufpassen, Bigeyes. Ich will ins Haus und mich hinlegen. Aber ich muss mit dieser Bande zusammenarbeiten. Ich darf sie nicht gegen mich aufbringen. Besonders Dig nicht.

Er beugt sich näher zu mir.

»Woher weißt du von diesem Haus?«

Ich zucke wieder die Achseln.

»Ich kenne den Mann, der hier wohnt. Sein Radio ist neben dem Fernseher eingesteckt, und wenn er aus dem Haus geht, lässt er es laufen. Er zieht die Vorhänge zu und lässt das Licht brennen.«

»Und was ist mit dem Licht oben?«

»Das ist die Lampe im Treppenhaus. Die lässt er auch an.«

Dig mustert mich. Ich kann fast spüren, wie seine Augen über mich hinweggleiten.

»Wehe, wenn das nicht stimmt«, murrt er.

Ich antworte nicht.

»Also wie kommen wir rein?«, fragt er. »Schlagen wir ein Fenster ein?«

Typisch, Bigeyes. Als ob ich das je tun würde. Das habe ich gar nicht nötig. Ich schüttele den Kopf.

»Viel einfacher.«

Ich laufe weiter, an der Haustür vorbei, und checke immer noch alles ab. Ich spüre, dass die Bande hinter mir ungeduldig wird. Als wüsste sie nicht, wie wichtig solche Vorsichtsmaßnahmen sind. Ja, der Professor ist weg. Das spüre ich. Obwohl ich alles andere als fit im Kopf bin, spüre ich das.

Trotzdem checke ich weiter die Lage, um ganz sicherzugehen.

Weil ich gut bin.

»Wo läufst du denn hin?«, fragt Dig.

»Zur Rückseite des Hauses.«

»Da waren wir doch gerade.«

Herrje, Bigeyes, siehst du, mit was für Idioten ich es zu tun habe? Ich antworte nicht. Ich kann mit dem Kerl nicht reden. Wenn er nicht kapiert, warum wir uns erst alles gründlich ansehen müssen, kann ich ihm nicht helfen. Ich laufe über die kleine Veranda auf der Rückseite des Hauses zur Hintertür und bleibe stehen.

»Was jetzt?«, fragt Dig.

Ich schaue mich um. Ich habe gehofft, ich könnte das tun,

ohne dass er es sieht. Aber es hat keinen Zweck. Alle drei beobachten mich genau. Ich greife nach oben und taste in einem Hohlraum zwischen dem Dach und der Seitenwand der Veranda herum. Da ist er.

Der Schlüssel.

Dig schaut mit zusammengekniffenen Augen zu.

»Woher weißt du, dass der Typ ihn dort versteckt?«

Den hat nicht der Professor dort versteckt, Bigeyes. Das ist ein Nachschlüssel, von dem er nichts weiß. Seinen eigenen Zweitschlüssel legt er immer unter den Blumentopf da drüben. Ja, Bigeyes, manche Leute sind tatsächlich so dumm. Diesen Schlüssel habe ich nachmachen lassen, nachdem ich ein paarmal hier war. Für den Fall, dass mein alter Freund irgendwann auf die kluge Idee kommt, seinen Zweitschlüssel woanders zu verstecken.

»Das ist doch egal«, sage ich.

Ich öffne die Tür. Bex und Xen schlüpfen zuerst ins Haus. Dig winkt mich durch, folgt mir und schließt die Tür hinter sich. Aus dem Wohnzimmer plärrt das Radio. Xen und Bex sehen aus, als hätten sie Angst, dass doch jemand im Haus ist.

»Los, kommt mit«, sage ich.

Ich gehe zum Wohnzimmer rüber und zeige ihnen, dass niemand drin ist. Dann führe ich sie durchs Haus. Aber ich hasse das, Bigeyes. Wenn ich alleine hier bin, ist es okay. Ich behandle das Haus gut, wie alle meine Hütten.

Und diese hier mag ich. Ich habe sie immer gemocht. Mir

gefallen die Fotos vom Professor und seiner Frau im ganzen Haus, die vielen Auszeichnungen, die er bekommen hat, der Nippes in den Vitrinen. Und die Bücher. Ja, die Bücher. Er muss Tausende davon haben.

Auch dicke Wälzer, schwere Kost. Philosophische Werke und so. Die meisten davon verstehe ich eigentlich nicht. Aber ich lese sie trotzdem gern. Ich weiß nicht, warum. Vielleicht wegen dieses Buchs von Nietzsche, von dem ich dir erzählt habe. Das ich in dieser anderen Hütte gelesen habe. Vielleicht hat das mein Interesse geweckt.

Jetzt gefallen mir solche Bücher. Sie sind eine geistige Herausforderung und die reizt mich. Am liebsten lese ich allerdings Geschichten. Nichts geht über Geschichten.

Ja, ich mag diese Hütte, aber nicht wenn Dig und die Tussis hier sind. Ich fühle mich mies, weil ich sie mitgebracht habe. Das ist, als würde ich dem alten Mann ins Gesicht pinkeln.

Und wenn der Rest der Bande hier eintrifft, wird es noch schlimmer. Die anderen sind schon unterwegs, Bigeyes. Glaub mir. Xen ist bereits am Handy und telefoniert mit Riff. Sie merkt, dass ich sie beobachte, und verzieht sich in ein anderes Zimmer.

»Ich schau mal nach, ob was zu essen da ist«, sagt Bex und verschwindet.

Ich sehe Dig an. Wir stehen wieder im Flur und er ist dicht bei mir. Das war er die ganze Zeit, während wir durch die

Räume liefen. Sein Blick ist hart und misstrauisch, wie immer. Er hat noch ein schlechtes Gewissen, aber es hält sich in Grenzen.

Er deutet mit dem Kopf zum Wohnzimmer.

Ich gehe vor ihm rein und werfe mich aufs Sofa. Ich will mich nur noch zusammenrollen und schlafen. Ich will nicht reden, jetzt noch nicht. Ich will mich erst ausruhen und nachdenken. Aber Dig hat Fragen im Kopf. Und ich werde nicht zum Schlafen kommen, bis wir die geklärt haben.

Er beugt sich runter, schaltet das Radio aus, zieht einen Sessel ran und setzt sich rein. Xen kommt zurück. Nun telefoniert sie nicht mehr, sondern schreibt eine SMS. Sie hockt sich auf den Boden und blickt kurz mich und dann Dig an. Der verzieht keine Miene. Da simst sie weiter. Bex erscheint in der Tür.

»Es ist nichts zu essen da. Kein Bissen.«

Das hätte ich ihr sagen können, Bigeyes. Weißt du, warum? Weil der alte Professor nie irgendwas zu essen im Haus hat, seit seine Frau gestorben ist. Damals ist sein ganzes Leben zusammengebrochen. Das ist noch ein Grund, warum er mir leidtut. Als sie noch da war, hat er immer sehr gut gegessen.

Und ich auch.

»Mach einen Tee«, sagt Dig. »Ein bisschen Tee wird doch da sein.«

»Nein«, sagt Bex. »Nur Pulverkaffee, das ist alles. Ohne Milch.«

»Dann mach halt den, Mensch.« Dig sieht sie ärgerlich an. »Und wenn wir unseren Kaffee haben ...« Er heftet den Blick wieder auf mich. »Dann werden wir entscheiden, was wir mit Blade machen.«

Stille tritt ein. Ich höre nur noch Xen simsen. Dann verstummt auch dieses Geräusch. Ich blicke wieder Dig an. Jetzt muss ich richtig reagieren.

»Ihr müsst nichts mit mir machen«, sage ich.

Er antwortet nicht, sondern beobachtet mich nur. Xen wirft ihm einen Blick zu, aber er merkt es nicht. Er studiert immer noch mein Gesicht. Ich beobachte die beiden. Und Bex, die noch in der Tür steht.

»Ihr müsst nichts mit mir machen«, sage ich noch mal. »Ich muss mich nur ausruhen. Dann können wir uns trennen.«

Dig schüttelt den Kopf.

»Wir werden uns nicht einfach trennen.«

»Warum nicht?«

»Weil du erst noch ein paar Dinge zu erklären hast.«

»Ach ja?«

»Ja.«

Ich beobachte ihn und er beobachtet mich.

»Was zum Beispiel?«, frage ich schließlich.

Er beugt sich näher zu mir.

»Also zunächst einmal kannst du uns was über die Narben auf deinem Rücken erzählen«, sagt er.

Sie haben lange gebraucht, um mich danach zu fragen.

Die Tussis müssen die Narben gesehen haben, als sie mich damals auf dem Treidelpfad ausgezogen haben. Aber keine hat mich darauf angesprochen. Nicht einmal Bex. Dabei hatte sie später genug Gelegenheiten dazu.

Und du ebenfalls, Bigeyes.

Aber vielleicht habt ihr euch alle gescheut. Denn Wunden erschrecken die Leute. Besonders Wunden wie meine.

»Also?«, fragt Dig.

Ich werde ihm nichts erzählen, Bigeyes. Und dir auch nicht. Vergiss es, okay? Was ich dir am Anfang gesagt habe, gilt immer noch – *ich* entscheide, was ich dir sage und was nicht. Wenn dir das nicht passt, kannst du ja verschwinden.

Das ist *mein* Geheimnis.

Nicht deins.

»Ich warte«, sagt Dig.

Er beobachtet mich scharf. Xen auch. Und Bex. Sie hat sich immer noch nicht von der Tür wegbewegt. Ich blicke zu ihr rüber.

»Ich dachte, du machst Kaffee.«

»Lenk nicht vom Thema ab«, sagt Dig.

Ich blicke zu ihm zurück.

»Das tue ich nicht«, sage ich. »Das Thema ist Kaffee. Wenn der hier ist, reden wir.«

Ich schaue ihm fest in die Augen. Das passt ihm nicht. Das ist er nicht gewohnt. Vielleicht erkennt er noch einen Rest des alten Blade in mir. Und vielleicht weiß er nicht, dass das, was er sieht, Vergangenheit ist. Das wäre gut. Er soll mich für knallhart halten. Denn sobald er weiß, dass er stärker ist als ich, bin ich verloren.

Er starrt trotzig zurück, aber es hat keinen Zweck. Seine Lider zucken zuerst. Er versucht es zu überspielen, indem er schnell zu Bex rüberblickt.

»Mach endlich Kaffee«, bellt er. »Und beeil dich.«

Sie geht. Und wir warten.

Stille. Eine lange Stille. Die einzigen Geräusche kommen aus der Küche, wo der Wasserkessel heiß wird und Bex nach Tassen sucht. Dig und Xen beobachten mich und ich starre zurück. Wir warten weiter. Schließlich kommt Bex mit einem Tablett zurück, auf dem vier Tassen stehen.

»Ich habe ein bisschen Zucker gefunden«, sagt sie.

»Niemand will welchen«, sagt Dig.

Sie antwortet nicht, sondern stellt nur das Tablett ab. Niemand rührt sich. Sie schaut sich um, nimmt zwei Tassen in die Hände und hält sie Dig und Xen hin. Keiner von beiden reagiert.

»Ich möchte einen Kaffee«, sage ich.

Sie reicht mir eine Tasse. Ich nehme sie und stelle sie auf den Boden. Bex behält die andere und setzt sich mit ihr in den Sessel beim Fernseher. Die anderen beiden Tassen stehen unberührt auf dem Tablett.

»Ich warte«, sagt Dig.

Ich schüttele den Kopf.

»Du zuerst.«

»Was willst du wissen?«

»Alles.«

Er streckt den Arm aus, nimmt sich eine Tasse Kaffee und bläst den Dampf weg.

»Alles ist eine ganze Menge«, mault er.

»Dann fang besser gleich an.«

Er beobachtet mich über den Rand seiner Tasse hinweg. Ich warte. Er wird zuerst reden. Er hält mich hin, solange er kann, aber er wird zuerst reden. Frag mich nicht, woher ich das weiß. Er nimmt einen Schluck Kaffee, dann legt er plötzlich los.

»Wir haben gedacht, du hättest Trixi umgebracht. Oder Bex hätte es getan. Oder ihr beide zusammen. Besonders als die Mädels gesehen haben, wie du versucht hast, Jaz wegzulocken. Die Polizei ist aufgekreuzt und hat Fragen gestellt. Tammy hat ihr alles über dich erzählt. Ich wollte nicht, dass sie das tut. Ich wollte selbst mit dir abrechnen.«

Ich fasse mir an die Stirn und taste nach der Wunde. Sie tut wieder weh. Aber sie ist trocken.

Dig sieht mich an und erzählt weiter.

»Deshalb kamen mir diese Kerle gerade recht.«

»Paddy und seine Kumpels«, sage ich leise.

»Ja.« Dig nimmt noch einen Schluck Kaffee.

Ich schüttele den Kopf.

»Und du hast ihnen geglaubt.«

»Ich glaube ihnen immer noch.«

»Was?«

»Ich glaube ihnen immer noch«, sagt Dig mit einem leisen Lächeln, das jedoch schnell wieder verschwindet. »Nicht dass du Trixi umgebracht hast. Das glaube ich inzwischen nicht mehr. Aber das andere, was sie erzählt haben, glaube ich schon.«

»Was denn?«

»Dass du ein Killer bist.«

Ich merke, wie Xen erstarrt. Sie sitzt immer noch auf dem Fußboden, aber nun kerzengerade.

»Denn das bist du doch«, sagt Dig. »Oder etwa nicht?«

Ich antworte nicht. Er wartet, als wolle er mir Zeit geben. Aber ich sage nichts, sondern lasse ihn weiterreden.

»Ich habe Paddy nur zu gern geglaubt«, fährt er fort. »Deshalb habe ich es für eine gute Idee gehalten, mit ihm zusammenzuarbeiten, als er mir erzählt hat, dass er und seine Kumpels wegen anderer Morde hinter dir her sind. Riff ist mit ihnen in Verbindung geblieben. Und auf die eine oder andere Weise haben wir dich schließlich gefunden.«

»Ja.« Ich taste wieder nach meiner Wunde. »Ihr habt mich gefunden.«

Er sagt nichts. Er betrachtet mich, aber diesmal sieht er mir nicht in die Augen, sondern auf die Hand am Verband. Und ich kann ihm vom Gesicht ablesen, dass ich ihm inzwischen nicht mehr leidtue. Kein Zweifel, Bigeyes, er hat jetzt kein schlechtes Gewissen mehr.

»Und was hat alles verändert?«, frage ich.

»Wir haben dich von der *Sally Rose* geworfen und Bex verstoßen, weil wir nichts mehr mit ihr zu tun haben wollten. Was dann passiert ist, kann sie dir erzählen.«

Ich sehe Bex an. Sie sitzt, wie Xen, stocksteif da.

»Ich habe die Kerle gesehen«, sagt sie. »Sie sind dir zu dem Lagerhaus gefolgt. Und dann habe ich diese alte Frau gesehen und erkannt, dass es die aus dem Bungalow war. Aber ich war zu fertig, um groß nachzudenken. Ich habe zu ihr gesagt, dass wir irgendwas tun müssen. Aber dann habe ich die Panik gekriegt und bin weggerannt.«

Xen schnaubt verächtlich. Dig fährt sie an: »Dir wäre vermutlich auch nichts Besseres eingefallen.«

»Doch.«

»Das glaube ich kaum.«

Sie starrt ihn böse an. Er ignoriert sie und nickt Bex zu.

»Erzähl weiter.«

Bex sieht mich an.

»Ich bin davongerannt wie der Teufel, den Pfad runter«, sagt sie. »Ich war schon weit weg, als ich die Schüsse gehört habe. Zwei. Peng! Peng! Ich bin zu Tode erschrocken. Ich wollte abhauen, aber dann bin ich stehen geblieben und habe mich versteckt. Da lag dieses umgedrehte Ruderboot, direkt neben dem Pfad. Ein altes Wrack. Dahinter habe ich mich verkrochen. Ich habe geheult, weil ich geglaubt habe, du seist tot. Und dann … Ich wusste, dass ich zurücklaufen musste. Ich musste nachschauen, was passiert war, und etwas unternehmen. Also bin ich losgelaufen.«

Dig wendet sich wieder Xen zu. »Siehst du? Das hättest du nicht getan.«

»Doch.«

»Nein, du hättest dich verpisst.«

Xen antwortet nicht, sondern macht nur ein finsteres Gesicht. Das ist nicht gut, Bigeyes. Glaub mir. Er muss Xen nicht so runterputzen. Sie ist doch schon wütend genug. Er gießt nur Öl ins Feuer. Aber das ist eine Sache zwischen den dreien. Da muss ich mich raushalten.

Dig sieht nun wieder mich an.

»Also Bex kehrt um«, sagt er. »Und als sie wieder dort bei dem Lagerhaus ankommt, sieht sie überall Polizei und einen Krankenwagen, der dich zum Krankenhaus fährt. Sie kommt zurück auf die *Sally Rose* und erzählt uns, was passiert ist. Und am nächsten Tag erfahren wir das mit Paddy.«

»Dass er geschnappt wurde?«, frage ich.

Dig schüttelt den Kopf.

»Dass er tot ist.«

Verdammt, Bigeyes, das ist mir völlig neu. Ich habe gewusst, dass die Bullen Paddy geschnappt haben. Das hat mir der Dicke erzählt, als ich draußen hinter dem Lagerhaus lag. Aber dass der Kerl tot ist, habe ich nicht geahnt.

Dig trinkt seinen Kaffee aus und stellt die Tasse ab.

»Es kam in den Nachrichten«, fährt er fort. »Dass die Polizei den Kerl gefunden hatte. Sein Name wurde nicht genannt, aber aus den Einzelheiten wurde klar, dass es sich um Paddy handeln musste. Nach Aussagen der Polizei gab es genug Indizienbeweise, dass er in dem Bungalow war und etwas mit dem Tod von Trixi zu tun hatte. Genug Beweise, die dich und Bex entlastet haben.«

Er blickt Xen an.

»Mir genügten die Beweise jedenfalls.«

Sie dreht den Kopf weg.

»Wie ist er gestorben?«, frage ich.

Digs Blick schweift zu mir zurück.

»Sein Tod war die Folge einer früheren Verletzung, hieß es in den Nachrichten. Angeblich hatte jemand mit einem Kricketschläger auf ihn eingeschlagen. Frag mich nicht, wie sie rausgefunden haben, dass es ein Kricketschläger war. Paddy hat es ihnen sicher nicht erzählt. Aber egal. Sie hatten die Indizienbeweise. Deshalb wurde mir nun klar, dass du Trixi nicht umgebracht hast.«

Er sieht mich scharf an.

»Wer das mit dem Kricketschläger auch war, er muss Paddy ordentlich verdroschen haben«, murmelt er.

Ich antworte nicht. Er wartet eine Weile, aber ich bleibe stumm. Da redet er weiter, ohne mich aus den Augen zu lassen.

»Ich bekam ein schlechtes Gewissen, weil ich deinen Kopf

so zugerichtet hatte. Aber ich hatte keine Zeit zum Nachdenken, weil du plötzlich wieder verschwunden warst. Es kam in allen Nachrichten. Dass du aus dem Krankenhaus ausgebrochen bist und dass weitere Morde geschehen sind. Und jetzt stecken wir auch in der Scheiße.«

Er beugt sich näher zu mir.

»Denn die Polizei war wieder da und hat uns ausgefragt. Und es sind noch mehr Leute aufgekreuzt. Nicht Paddys Kumpels, sondern andere Typen, die wir vorher noch nie gesehen hatten. Aalglatte Mistkerle. Sie sind nie gekommen, wenn die Polizei da war, sondern immer zu einer anderen Zeit. Sie haben mich und die Mädels und Riff überwacht. Immer wenn wir uns umgeschaut haben, hat sich irgendwer in der Nähe rumgetrieben.«

Er zieht sein großes Messer und betrachtet es.

»Bisher haben diese Typen keine Gewalt angewendet, sondern es auf die kumpelhafte Tour versucht. ›Wie geht's, Dig?‹, ›Alles klar, Dig?‹, ›Hast du diesen Jungen irgendwo gesehen?‹, ›Wir bleiben in Verbindung, mein Freund.‹« Dig rümpft die Nase. »Aber ich bin nicht blöd. Also haben ich, Riff und die Mädels uns beraten und beschlossen, Bex wieder aufzunehmen …« Er wirft Xen einen weiteren Blick zu, dann fixiert er mich. »Und dir zu helfen.«

Ja, klar. Hast du das gehört, Bigeyes? Die letzten Worte hat er beinahe ausgespuckt. Als wäre es ihm zuwider, sie in den Mund zu nehmen. Aber ich kann jetzt nicht wählerisch sein.

Tatsache ist, dass ich nur hier bin, weil er mir aus der Klemme geholfen hat. Er hat es nicht gern getan. Er sah sich dazu gezwungen. Aber er hat es getan. Deshalb müsste ich ihm dankbar sein.

Aber ich bin es nicht. Frag mich nicht, warum.

Vielleicht weil ich weiß, dass er mich trotz seiner Rettungsaktion immer noch genauso hasst wie ich ihn. Also je früher dieses Spiel vorbei ist, desto besser für uns beide. Dann muss sich keiner mehr verstellen. Ich beobachte ihn einen Augenblick und warte darauf, dass er spricht. Er hat noch mehr zu sagen. Nicht mehr viel, aber ich will es hören.

»Dann haben wir uns auf die Suche nach dir gemacht«, sagt er. »Ein Kumpel von Trixi hat uns erzählt, dass er dich im Nordbezirk gesehen hat. Er hat gesagt, dass du mit einem Fahrrad unterwegs warst. Riff ist mit dem Van hingefahren, während ich mit dem Motorrad andere Orte abgesucht habe. Aber wir haben keine Spur von dir gefunden. Dann haben wir einen anderen Hinweis bekommen. Jemand, den Sash kennt, war sich sicher, dich gesehen zu haben. Also haben wir weitergesucht.«

Dig blickt auf sein Messer und spielt damit rum.

»Aber andere suchen dich auch.«

Er blickt wieder auf und mir direkt in die Augen.

»Du weißt, wen ich meine.«

Ja, Bigeyes. Ich weiß, wen er meint. Und er redet nicht von den Bullen. Ich denke an das Sträßchen zurück. An das dunkle

Sträßchen und meine Illusion von Sicherheit. Wie konnte ich mir einbilden, dass ich davonkommen würde? Ich war wohl nicht mehr bei Verstand. Jetzt sehe ich sie wieder vor mir, die vielen Gestalten, die in dem verschlafenen Nest aus der Dunkelheit auf mich zukamen, von allen Seiten.

Aber ich lebe noch. Und ich bin hier. Wegen Dig. Auch wenn ich nicht viel von ihm halte, ich verdanke ihm mein Leben.

»Danke«, sage ich.

Er sieht mich fragend an.

»Dass du mir geholfen hast«, füge ich hinzu.

Er stößt ein kurzes, raues Lachen aus.

»Das hat lange gedauert«, murmelt er. Er spielt wieder mit seinem Messer. »Aber wenn dein Dank ernst gemeint ist, nehme ich ihn an.«

»Er ist ernst gemeint.«

Er blickt zu Bex rüber, dann zu Xen, dann wieder zu Bex. Ich beobachte die Tussis. Xen starrt auf den Boden und wirkt sehr angespannt. Bex sieht aus, als würde sie Xen, mir, Dig und der ganzen Welt misstrauen.

»Ich habe dich also aus diesem Dorf rausgeholt und dann haben wir dich auf das Motorboot gebracht. Wir wussten nicht, was wir sonst tun sollten. Wir konnten dich nicht in einer unserer Wohnungen unterbringen, weil die Kerle immer wieder dort aufkreuzen, und die Bullen auch. Deshalb dachten wir, das Boot sei ein gutes Versteck. Aber dann haben wir gesehen, wie die Kerle mit einer Barkasse zu den Liegeplätzen gefahren sind und die Boote dort durchsucht haben. Da haben wir dich wieder an Land geholt. Und jetzt sind wir hier.«

»Danke«, sage ich wieder.

Wir sehen einander schweigend an. Ich warte darauf, dass Dig wieder spricht.

»Also«, sagt er. »Diese Narben auf deinem Rücken …«

»Was ist mit denen?«

»Zeigst du sie mir?«

»Nein.«

Seine Miene verfinstert sich.

»Die Mädels haben mir erzählt, dass sie echt krass aussehen.«

»Ach ja?«

»Ja, also lass sie mal sehen. Ich finde, das schuldest du mir.«

»Nein, das schulde ich niemandem.«

Er mustert mich von oben bis unten. Ich beobachte ihn genau, Bigeyes. Ja, ich weiß, du denkst: Zeig sie ihm einfach und fertig. Denn du willst sie auch sehen, stimmt's? Aber das wirst du nicht. Und Dig auch nicht. Es ist mir egal, was ich ihm schulde.

Ich zeige sie ihm nicht. Es sei denn, er zwingt mich dazu. Denn das könnte er. Er könnte es zumindest versuchen. Er lehnt sich zurück und fingert an seinem Messer rum, dann spricht er mit leiser Stimme.

»Was schuldest du mir dann?«

»Ich habe doch Danke gesagt.«

»Ist das alles? Danke?«

»Ja.«

»Blade«, sagt Bex.

Ich sehe sie an. Auf ihrem Gesicht liegt ein flehender Ausdruck, den ich noch nie bei ihr gesehen habe. Er verleiht ihr etwas Verletzliches. Ich weiß nicht, was ich davon halten soll. Sie spricht wieder.

»Du musst uns erzählen, wer diese Kerle sind.«

»Die wollt ihr nicht näher kennen.«

»Warum sind sie hinter dir her? Was hast du ihnen getan?«

Nichts, Bigeyes, bevor du mich das auch fragst. Diesen Kerlen habe ich nichts getan. Das Problem sind die Leute, die sie geschickt haben. Die wollen mich unbedingt kriegen.

»Ich kann euch nichts über sie erzählen«, sage ich. »Ich habe eben ein paar Feinde, okay?«

»Mehr als nur ein paar«, sagt Dig. »Es waren eine ganze Menge, die dich in diesem Kaff umzingelt hatten.«

»Und es kommen noch mehr.« Ich sehe ihm ins Gesicht. »Hör zu. Ihr wollt mein Problem doch bestimmt nicht zu eurem machen. Ihr habt mir geholfen. Dafür bin ich euch wirklich dankbar. Aber lasst es dabei bewenden. Und lasst mich gehen.«

Dig blickt auf sein Messer runter und fährt mit einem Finger an der Klinge entlang.

»Und wo willst du hin?« Er sieht auf. »Kannst du mir das wenigstens sagen, hä?«

»Weg«, antworte ich. »Weit weg. Irgendwohin, wo ich sicher bin.«

»Gibt es so einen Ort?«

Ich antworte nicht. Weil ich es nicht weiß. Dig steckt das Messer weg. Xens Handy beginnt zu klingeln. Sie zieht es raus.

»Ja?«

Wir beobachten sie schweigend und warten.

»Es ist ein kleiner Weg«, sagt sie. »Davor sind Büsche und so. Siehst du ihn? Okay.«

Sie legt auf und schaut zu uns rüber.

»Sie sind da.«

Xen geht zur Haustür, um sie reinzulassen. Zuerst kommt Riff, der sich sofort neugierig umsieht. Welche Überraschung. Ich kann dir sagen, was er tut, Bigeyes. Er checkt nicht ab, ob Ärger droht. Er checkt ab, was er mitgehen lassen kann.

Ich habe wieder das Gesicht des Professors im Kopf. Es tut mir leid, alter Freund. Ich wollte dieses Pack nicht in dein Haus bringen. Aber ich wusste einfach nicht, was ich sonst tun sollte. Bitte sei mir nicht böse.

Dann erscheinen Kat und Tammy.

Und schließlich kommt Sash rein, mit Jaz in den Armen.

»Du meine Güte!«, stöhnt Dig. »Warum hast du denn das Kind mitgebracht?«

»Ohne Bex schläft sie einfach nicht ein«, erwidert Sash.

»Du solltest einfach dortbleiben und dich um sie kümmern. Aber doch nicht mit ihr herkommen.«

Tammy baut sich vor Dig auf und blickt ihm herausfordernd ins Gesicht.

»Bist du taub oder was? Sash hat doch gerade gesagt, dass Jaz ohne Bex nicht einschlafen kann. Und das weißt du selbst. Das haben wir bereits am ersten Tag rausgefunden. Erinnerst du dich?«

Dig antwortet nicht. Jaz beginnt zu wimmern und streckt die Arme nach Bex aus. Ich fühle mich irgendwie komisch, Bigeyes. Vielleicht weil ich will, dass sie die Arme nach mir ausstreckt. Aber sie hat mich nicht mal angesehen. Sie schaut nur zu Bex rüber.

»Lass sie runter«, sagt Bex. »Sie ist übermüdet.«

»Klar, weil sie nicht geschlafen hat«, sagt Sash.

»Dann lass sie runter.«

Sash setzt Jaz ab. Bex lächelt.

»Komm her, Fairybell.«

Jaz läuft ihr in die Arme und vergräbt ihr Gesicht an Bex' Schulter.

»Na also«, sagt Bex und streichelt Jaz den Kopf. »Jetzt ist alles gut.«

Jaz wimmert weiter. Ich sehe mich nach den anderen um. Alle beobachten Dig.

»Also, was ist los?«, fragt Riff.

»Ich hatte eine kleine Unterhaltung mit Blade«, sagt Dig.

Er wirft einen Blick zu Xen und Bex rüber. Bex bemerkt es nicht. Sie drückt Jaz an sich und küsst ihr das Haar. Xen sieht einfach weg. Dig beobachtet sie kurz, dann wendet er sich mir zu.

»Wir hatten eine kleine Unterhaltung«, fährt er fort. »Aber die meiste Zeit habe ich geredet. Blade ist nicht sehr gesprächig.«

Er durchbohrt mich mit den Augen.

»Aber ich schätze, wir sind jetzt quitt. Er und ich.«

Er wartet auf eine Reaktion, Bigeyes. Na gut. Er hat ja recht. Er hat mir den Kopf aufgeschlitzt. Aber dafür hat er mich später vor meinen Feinden gerettet. Ich nicke ihm zu, nur leicht, aber er sieht es.

»Und wozu hast du uns hierherkommen lassen?«, fragt Tammy.

Dig wendet sich ihr zu.

»Um Blade zur Flucht zu verhelfen.«

»Was?«

»Um ihn in Sicherheit zu bringen.«

»Wozu?« Tammy starrt ihn an. »Wir haben doch schon genug für diesen Scheißer getan, oder etwa nicht?«

»Nein.«

»Warum nicht?«

»Weil ich es sage.« Dig sieht sie einen Moment lang drohend an. »Wir haben ihn bis hierher gebracht. Aber wir machen keine halben Sachen. Wir werden diese Aktion zu Ende bringen. Also hört zu. Wir schlafen erst mal ein paar Stunden, denn wir sind alle müde. Und kurz bevor es hell wird, fahren wir ihn raus aus der Stadt.«

»Das gefällt mir nicht«, sagt Tammy.

»Mir auch nicht«, sagt Sash.

»Das ist mir egal«, sagt Dig. »So machen wir es jedenfalls.«

»Aber diese Kerle sind überall«, sagt Sash. »Und die Bullen auch.«

»Es geht nur darum, ihn rauszubringen.« Dig macht eine Pause. »Wir fahren los, wenn es noch ruhig ist, kurz vor Sonnenaufgang. Mit zwei Autos, im Abstand von fünf Minuten, auf verschiedenen Routen. Das eine Auto spielt den Lockvogel. Das andere bringt Blade aus der Stadt. Das fahre ich. Ich setze ihn ab, wo er will, und damit ist die Sache erledigt.«

Er blickt mich an und ich nicke wieder.

Ja, damit ist die Sache erledigt.

Für euch jedenfalls.

Es kommen keine Einwände mehr, nicht mal von Tammy. Aber ich sehe ihr ihr Unbehagen an. Und den anderen auch. Sie wirken entnervt. Und wer könnte ihnen das verdenken, Bigeyes? Zurzeit sind so viele von meinen Feinden in der Stadt, dass es für jeden gefährlich ist.

Dig schaut auf seine Uhr.

»Halb eins. Schlaft ein paar Stunden. Ich wecke euch, wenn wir aufbrechen müssen.«

Wir trennen uns. Oder besser gesagt, die anderen. Ich bleibe auf dem Sofa. Denn ich werde eh nicht schlafen. Ich bin total fertig, aber ich weiß, dass ich nicht schlafen werde. Nicht solange ich noch hier bin.

Ich muss aus der Stadt rauskommen, Bigeyes. Dann werde ich vielleicht schlafen. Aber zuerst muss ich mir eine neue Bleibe suchen und mich wieder totstellen. Und diesmal muss ich es besser machen, damit meine Feinde mich nicht finden.

Und irgendwie muss ich auch verhindern, dass Dig und seiner Bande was passiert, denn das will ich wirklich nicht. Sie haben mir geholfen, Bigeyes. Ich mag sie nicht, und sie mögen mich nicht, aber sie haben mir das Leben gerettet, und ich stehe in ihrer Schuld. Und da ist noch was anderes. Das ist noch wichtiger. Viel wichtiger.

Jaz.

Ich muss unbedingt für ihre Sicherheit sorgen.

Schau sie dir an, Bigeyes. Sie ist in den Armen von Bex eingeschlafen. Sie hat kein einziges Mal zu mir geschaut, seit sie reingekommen ist. Sie wollte nur zu Bex. Aber das ist schon okay. Solange es dem Kind gut geht, spielt es keine Rolle, was ich empfinde.

Außer für mich.

Für mich spielt es eine Rolle.

Dig sitzt immer noch im Sessel. Xen ist nach oben verschwunden, und Tammy und Sash ebenfalls. Ich höre sie oben rumlaufen. Ich habe wieder Gewissensbisse wegen des alten

Professors. Ich fühle mich mies bei dem Gedanken, dass die Tussis sich über seine Sachen hermachen.

Riff und Kat hängen immer noch im Wohnzimmer rum. Kat ist todmüde und will schlafen. Das ist nicht zu übersehen. Aber Riff inspiziert immer noch alles, was nicht niet- und nagelfest ist.

»Riff«, sagt Dig. »Wir wollen jetzt schlafen.«

Riff dreht sich zu ihm um, dann sieht er Kat an. Er stellt die Vase ab, die er in der Hand hatte, und zwinkert ihr zu.

»Na, dann komm«, fordert er sie lächelnd auf.

Ja, du Schleimer, wir wissen, was du willst. Aber er wird kein Glück haben, Bigeyes. Wirf einen Blick auf Kats Gesicht. Siehst du diesen Ausdruck? Das ist ein klares Nein. Sie merkt, dass ich sie anschaue, und lächelt frostig. Dann schlurft sie aus dem Zimmer und die Treppe rauf. Riff folgt ihr und beäugt unterwegs die Einrichtung.

»Blade.«

Dig beobachtet mich wieder.

»Ja?«, sage ich.

»Ich und Bex hätten gern das Sofa.«

Es ist keine Bitte. Das höre ich an seiner Stimme. Und weißt du was, Bigeyes? Das ist mit egal. Er will seine Macht zurück. Und die kann er haben. Er hilft mir noch ein letztes Mal. Dafür schulde ich ihm das Sofa. Ich stehe auf und blicke zu Bex rüber.

Sie ist auch aufgestanden. In ihren Armen liegt Jaz, die

jetzt fest schläft. Sie trägt die Kleine zum Sofa rüber und setzt sich mit ihr hin. Dig kommt auch rüber und setzt sich auf meinen Platz.

»Du musst nicht gehen, Blade«, sagt Bex. »Nimm Digs Sessel.«

Ja, Bigeyes. Eine tolle Idee, was? Ich brauche Digs Gesicht nicht zu sehen, um zu wissen, wie er sie findet. Aber das ist sein Problem. Ich setze mich in den Sessel. Nicht weil ich irgendwen ärgern will, sondern weil … also wenn du es wirklich wissen willst …

Ich will Jaz nahe sein.

Ich will sie nicht aus den Augen lassen. Denn nach dieser Nacht werde ich sie nie mehr sehen. Und ich will so viel von ihr mitbekommen, wie ich kann, selbst wenn sie schläft. Denn weißt du was? Ich werde bald von dieser Erinnerung zehren müssen.

Ich lasse mich in den Sessel sinken und schließe die Augen.

Jemand schaltet das Licht aus. Ich schaue nicht nach, wer es ist. Wahrscheinlich Dig. Als ich die Augen wieder einen Spalt aufmache, ist es ganz dunkel. Auf dem Sofa schlafen Dig, Bex und Jaz, die sich in Bex' Arm gekuschelt hat. Sie sehen irgendwie süß aus. Das kann ich nicht bestreiten.

Und ich fühle mich wieder komisch.

Aber dann döse ich doch ein. Das habe ich nicht erwartet, aber der Schlaf überkommt mich wie ein warmer Regen. Und ich habe einen Traum. Ich träume von Becky, der lieben Becky, die gestorben ist. Ich sehe ihr Gesicht ganz klar. Und sie redet mit mir.

Aber ich höre nicht, was sie sagt.

Dann verstehe ich sie doch.

»Blade«, murmelt sie.

Sie wiederholt immer wieder meinen Namen.

»Blade, Blade …«

Das ist alles, was sie sagt. Nun spüre ich an meiner Schulter eine Hand, die mich sanft rüttelt. Und ich höre wieder meinen Namen.

»Blade, Blade.«

Die Stimme ist auch sanft. Ich öffne die Augen und sehe wieder das Wohnzimmer. Es ist immer noch dunkel. Bex und Dig liegen nicht mehr auf dem Sofa, aber ich weiß, wo sie hingegangen sind. Ich kann sie oben hören. Im Schlafzimmer des alten Professors, das er früher mit seiner Frau geteilt hat.

Die Hand rüttelt wieder an meiner Schulter. Und die Stimme wiederholt meinen Namen.

»Blade«, sagt sie.

»Jaz«, erwidere ich.

Sie klettert hoch in meine Arme und ich halte sie fest.

Sie redet nicht. Aber sie ist wach und weiß, dass sie bei mir ist. Sie schaut mit schläfrigen Augen zu mir rauf. Ich blicke runter in ihr Gesicht und versuche zu lächeln. Ich weiß nicht, ob mir das gelingt. Aber ich spreche. Das schaffe ich gerade noch.

»Alles klar, Baby?«

Ich klinge wie ein Idiot. Meine eigene Stimme ist mir peinlich. Jaz antwortet nicht. Sie schließt die Augen und öffnet sie wieder. Sie ist nur halb wach. Ich ziehe sie näher an mich. Sie sträubt sich nicht. Und in mir sträubt sich auch nichts. Ich habe nicht gewusst, dass ich jemanden in den Armen halten kann, ohne seine Nähe als unangenehm zu empfinden.

Aber diesmal macht es mir gar nichts aus, jemanden zu berühren und berührt zu werden. Denn sie berührt mich auch. Ihre kleine Hand streift über meinen Arm. Sie hört auf, bewegt sich wieder und hört wieder auf. Nun liegt sie ruhig auf meinem Arm. Jaz verrenkt sich ein bisschen und schließt wieder die Augen.

Noch mehr Geräusche von oben. Sie sind nicht laut, aber ich erkenne, was da abgeht. Jaz hoffentlich nicht. Das sind keine Geräusche, die ein Kind hören sollte. Aber es ist okay. Ich glaube, sie schläft gerade wieder ein. Ich irre mich.

»Blade«, murmelt sie.

Ich blicke zu ihr runter und sie schaut wieder mit müden Augen zu mir rauf. Ich beuge mich näher zu ihr und flüstere:

»Willst du eine Geschichte hören?«

Sie gibt ein leises Maunzen von sich. Ich glaube, das ist ein Ja.

»Es ist eine tolle Geschichte«, sage ich. »Sie handelt von einem kleinen Mädchen.«

»Wie heißt es?«

»Jaz.«

»So wie ich.«

»Ja, Baby. Komisch, nicht?«

»Hm.«

»Eines Tages sitzt das Mädchen neben einem Kaninchenbau, und rate mal, wen es daherkommen sieht?«

»Ein Kaninchen.«

»Ja, es ist der Herr Karnickel.«

»Wo geht er hin?«

»Er kommt gerade vom Einkaufen zurück.«

»Wo ist Frau Karnickel?«

»Sie ist unten im Kaninchenbau. Und sie ist sauer auf ihn.«

»Warum?«

»Weil er viel zu spät zurückkommt. Sie hat ihn vor einer Ewigkeit Brot holen geschickt, aber er hat in der Bäckerei einen Freund getroffen. Deshalb ist er erst nach Stunden weggekommen.«

»Warum?«

»Weil er eine Quasselstrippe ist.«

»Herr Karnickel?«

»Ja. Er quasselt und quasselt und hört nicht mehr auf.«

Jaz macht große Augen.

»Gar nicht mehr?«

»Manchmal macht er eine Pause, um zu schlafen. Aber dann fängt er gleich wieder an.«

»Ist Frau Karnickel sehr sauer auf ihn?«

»Ja, sie ist stinksauer. Und sie wird noch wütender werden, wenn er in den Kaninchenbau zurückkommt.«

»Warum?«

»Weil er das Brot vergessen hat.«

»Wo ist es?«

»Er hat es in der Bäckerei liegen lassen. Aber keine Sorge, denn Jaz kommt ihm zu Hilfe.«

Ihre Augen schließen sich wieder. Immer noch Geräusche von oben. Aber sie lassen bereits nach. Und bald ist es ruhig. Ich höre nur noch die Atemzüge von Jaz, deren Kopf an meiner Brust liegt. Sie sieht so schön aus, Bigeyes. Wie eine kleine Blume. Bei ihrem Anblick muss ich wieder an Becky denken.

»Schläfst du, Baby?«, murmele ich.

Keine Antwort. Sie atmet ruhig weiter. Ich starre in den Raum, flüstere in die Dunkelheit.

»Zu viele Geschichten, Jaz. Zu viele, um sie zu erzählen. Und alle scheinen schmerzlich zu sein.«

Ich blicke wieder zu ihr runter.

»Aber ich verspreche dir, dass deine Geschichte gut ausgehen wird.« Ich streichle ihr Haar. »Ich werde sie zu Ende erzählen, wenn du aufwachst.«

Sie schläft weiter. Ich bin froh darüber. Ich will, dass sie schläft. Auch wenn ich es nicht kann. Ich atme aus und lausche. Es ist jetzt ganz ruhig im Haus. Nirgendwo ein Geräusch. Selbst die Atemzüge von Jaz sind still geworden. Ich schaue mich um. Hinter mir steht das Radio des alten Professors und daneben leuchten die Zahlen der elektrischen Uhr.

Fünf nach zwei.

Ich greife runter, schalte das Radio an und stelle es ganz leise. Ich höre die gedämpfte, aber klare Stimme einer Nachrichtensprecherin: »... aber der Junge ist immer noch auf freiem Fuß. Unbestätigten Berichten zufolge wurde er in verschiedenen Stadtbezirken gesehen, auch in der Nähe des Hauses, in dem Mrs Turner ermordet wurde. Das Gebiet wurde abgesperrt und die Polizei hofft auf weitere sachdienliche Hinweise aus der Bevölkerung ...«

Ich blicke wieder zu Jaz. Alles unverändert. Ihre Augen sind zu, ihr Körper ist ruhig. Sie schläft tief und fest. Die Nachrichtensprecherin redet weiter, aber ich höre nicht mehr richtig hin. Ich weiß, was die Bullen wissen und was nicht. Aber dann schnappe ich was auf und erstarre.

»... eine ältere Frau, die sich Lily nennt ...«

Mensch, Bigeyes. Es geht um Mary.

Eine andere Stimme, irgendein Reporter.

»Eigentlich nicht, Joanna. Im Moment sagt die Polizei nur, dass sie die alte Dame unbedingt befragen will. Angeblich fand sie den Jungen, als er verletzt hinter dem Lagerhaus lag, begleitete ihn ins Krankenhaus und sprach mit ihm, als er nach seiner Operation wieder zu sich kam. Seither wurde sie nicht mehr gesehen. Die Polizei nahm zwar noch ihre Aussage auf, aber anscheinend gab sie einen falschen Namen und eine falsche Adresse an. Noch komplizierter wurde der Fall, als sich ein Zeuge meldete, der behauptete, er hätte eine ältere Frau, auf die die Beschreibung der Gesuchten passt, in der Nähe des Bungalows gesehen, in dem die junge Trixi Kenton ermordet wurde.«

Ich schalte das Radio aus. Dunkelheit erfüllt meinen Kopf.

Was ist los mit mir, Bigeyes? Arbeitet mein Gehirn nicht mehr? Warum habe ich das nicht kommen sehen? Weil ich die ganze Zeit nur an Jaz gedacht habe, deshalb. Ich wollte, dass es ihr gut geht. Und das ist völlig in Ordnung. So sollte es sein. Aber was ist mit Mary?

Warum habe ich nicht an ihre Sicherheit gedacht?

Verstehst du, was ich meine, Bigeyes? Das ist schlimm. Ich hätte sie warnen müssen. Ich hätte ihr sagen müssen, dass sie nicht in der Stadt bleiben kann, dass sie von hier wegmuss. Die Bullen suchen nach ihr, aber die sind nicht das Problem. Selbst wenn sie sie finden, werden sie sie nicht beschützen können. Denn meine Feinde haben ein noch größeres Interesse an ihr.

Sie sind ihr schon zweimal begegnet, der alten Dame mit der Knarre. Das werden inzwischen alle wissen. Warum lebt sie dann noch? Vielleicht weil die Kerle sie beim ersten Mal nicht mit mir in Verbindung gebracht und sie beim zweiten Mal nur für eine rabiate Oma gehalten haben, die einem Kind helfen wollte.

Und so war es ja auch.

Aber jetzt haben die Bullen alles an die große Glocke gehängt. Es kommt in den Nachrichten. Der ganze Bericht legt nahe, dass Mary mich kennt und dass sie etwas wissen könnte. Die Bullen wollen unbedingt mit ihr reden.

Und meine Feinde erst recht.

Sie steckt tief in der Scheiße, Bigeyes. Und sie weiß es nicht. Sie muss die Stadt verlassen, noch heute Nacht, in der Dunkelheit. Oder untertauchen und verschwinden, sobald sie kann. Bevor meine Feinde sie finden.

Es könnte bereits zu spät sein.

Ich schaue wieder auf die Uhr. Fast Viertel nach zwei. Mir bleiben noch ein paar Stunden, bis Dig uns hochscheucht. Ich kann Mary nicht einfach von hier aus anrufen. Dann würden die Leute aus dem Gasthaus was mitbekommen. Ich muss es ihr persönlich sagen – nur ihr allein. Und zwar gleich.

Ich blicke zu Jaz. Sie schläft noch immer in meinen Armen. Sie ist so schön.

»Schönes kleines Mädchen«, flüstere ich.

Ich halte sie fest und stehe vorsichtig aus dem Sessel auf. Sie bewegt sich ein bisschen, windet sich in meinen Armen und wird wieder ruhig. Ich trage sie rüber zum Sofa, lege sie behutsam hin und schiebe ihr ein Kissen unter den Kopf. Sie schläft weiter.

Als könnte sie ewig schlafen.

Ich knie mich hin und beuge mich über sie.

»Nicht aufwachen, Baby«, murmele ich.

Sie wacht nicht auf. Sie liegt nur da, in der Stille, in der Dunkelheit.

»Ich komme wieder«, flüstere ich. »Das verspreche ich dir. Ich weiß, ich habe dich schon mal verlassen und bin nicht wiedergekommen. Aber diesmal komme ich zu dir zurück. Was auch passiert, ich komme zurück und erzähle deine Geschichte zu Ende. Und ich sage dir Lebwohl.«

Ich stehe wieder auf. Aber ich sehe immer noch Jaz an. Ich kann die Augen nicht von ihr abwenden, Bigeyes. Ich kann es einfach nicht. Aber ich muss mich dazu zwingen. Mary zuliebe. Ich strecke eine Hand aus und will Jaz berühren. Nur noch einmal. Nur ganz leicht. Aber nun bewegt sie sich. Sie dreht sich um und kuschelt ihr Gesicht ins Kissen.

Da ziehe ich die Hand zurück.

Ich muss gehen, Bigeyes. Jetzt gleich.

Ich laufe zur Tür.

Raus in den Flur, leise und vorsichtig. Ich horche. Kein Geräusch im ganzen Haus. Kein Laut aus dem Schlafzimmer des alten Professors oder von sonst woher. Ich könnte in einer leeren Hütte sein.

An der Hintertür bleibe ich stehen und horche wieder.

Es ist immer noch ruhig. Ich hoffe nur, dass alle schlafen, aber ich weiß nicht, ob ich so viel Glück habe. Ich würde nicht schlafen, wenn ich sie wäre. Nicht wenn ich wüsste, wer hinter uns her ist. Ich drücke die Hintertür auf, schlüpfe raus und ziehe sie vorsichtig zu.

Sie klickt nur leise. Ich horche wieder, dann schleiche ich seitlich ums Haus, den Weg runter und zwischen die Bäume. Zwei Vans parken nebeneinander. Und nun die gute Nachricht.

Dig hat seinen Autoschlüssel im Zündschloss stecken lassen. Du hättest nicht gedacht, dass ich das mitbekommen habe, was, Bigeyes? Aber ich habe es gesehen. Der Dummkopf. Er denkt, wir sind hier sicher. Abseits der Straße, außer Sicht. Deshalb hat er sich nicht die Mühe gemacht, den Wagen abzuschließen.

Die schlechte Nachricht ist, dass nicht mehr viel Sprit im Tank ist.

Das habe ich auch gesehen.

Der Tank von Riffs Wagen ist wahrscheinlich voller, aber ich will nicht ins Haus schleichen und versuchen, seinen Autoschlüssel zu klauen. Deshalb nehmen wir Digs Wagen. Wir können nur hoffen, dass das Geräusch des Motors nicht alle aufweckt.

Ich steige ein, schließe die Tür und schaue auf die Tankanzeige.

Siehst du, was ich meine? Nur viertel voll. Er hätte tanken sollen, bevor es gefährlich wurde, aber das ist seine Sache, nicht meine. Ich kann nur beten, dass wir es hin- und zurückschaffen. Ich habe kein Geld zum Tanken, und selbst wenn ich welches hätte, würde ich nicht wagen, an einer Tankstelle anzuhalten.

Also bringen wir es hinter uns.

Ich schaue mich um und drehe den Schlüssel im Zündschloss. Der Wagen springt sofort an. Ich lasse den Motor im Leerlauf laufen, bis er warm wird. Ich darf nicht laut Gas geben, denn das könnten sie hören. Schau da rüber, durch die Bäume, Bigeyes. Du kannst nur einen Teil des Hauses sehen. Geht irgendwo ein Licht an?

Ich sehe keins.

Also los.

Im Rückwärtsgang zurück zum Apfelbaum, wenden und dann den Weg runter, bis zur Straße. Ich halte an und schaue in beide Richtungen. Von keiner Seite Scheinwerfer und nichts im Rückspiegel. Ich habe schon befürchtet, dass Dig und die anderen aus dem Haus gelaufen kommen.

Aber ich sehe niemanden. Ich glaube, wir haben es geschafft, Bigeyes. Sie sind nicht aufgewacht. Ich hoffe, sie schlafen weiter. Das ist sicherer für alle, auch für sie selbst. Also komm, wir müssen weiter.

Nach links auf die Straße und schon sind wir weg. Jetzt bekomme ich wirklich Angst, Bigeyes. Ich sage dir, ich hasse es, in die Stadt zurückzufahren, denn dort sind meine Feinde. Jedenfalls die meisten. Hier in der Gegend werden auch welche sein, aber in der Stadt wimmelt es von ihnen.

Wenigstens fahren wir zur South Street. Die liegt zwar in

der Nähe des Stadtzentrums, ist aber relativ ruhig. Vielleicht kann ich sogar außer Sichtweite parken und mich unbemerkt zur Krone schleichen.

Ich habe mir bereits überlegt, auf welchem Weg ich am besten in das Gasthaus komme.

Manchmal ist es sehr hilfreich, wenn man sich in der Stadt auskennt. Aber wir müssen erst mal hinkommen. Wenn die Bullen oder meine Feinde mich in diesem Van sehen, schaffen wir es gar nicht bis zur Krone. Und es herrscht bereits Verkehr.

Langsamer Verkehr.

Beängstigender Verkehr.

Wer ist denn um diese Zeit unterwegs? Betrunkene, die jetzt erst heimkommen, oder unausgeschlafene Leute, die bereits so früh am Morgen irgendwo hinmüssen, denkst du. Und unter normalen Umständen würde ich dir recht geben. Aber solche Leute sehe ich nicht. Ich sehe nur Gefahr.

In jedem Wagen.

Immer mehr Verkehr und jetzt sogar Bullen – zwei Polizeiautos und ein Motorrad kommen mir entgegen. Sie rauschen vorbei. Ich fahre weiter und sehe zur Sicherheit in den Rückspiegel. Sie haben nicht angehalten. Nach links auf die Western Avenue, runter bis zum Ende, dann nach rechts auf den Sion Way.

Noch mehr Bullen, diesmal ein Transporter. Er parkt kurz vor mir, auf derselben Straßenseite. Ich muss an ihm vorbeifahren. Es gibt keine Ausweichmöglichkeit. Ein Polizist steht auf dem Bürgersteig und redet mit einem Mann.

Aber es ist dieser Mann, der Ärger hat, nicht ich. Er fuchtelt mit den Armen und brüllt. Aber das scheint den Polizisten kaltzulassen. Und mich ignoriert er auch. Ich fahre vorbei und biege in den Madeira Drive ab. Jetzt wird es interessant.

Noch zwei Autos, und das sind keine Bullen. Ich weiß nicht, warum sie mich beunruhigen. Es sind nur zwei Autos, die vor mir herfahren, die in dieselbe Richtung unterwegs sind wie ich. Niemand starrt nach hinten. Warum werde ich dann nervös? Frag nicht so blöd, Bigeyes. Ich bin es einfach. Ich habe einen Riecher für Feinde.

Das Auto direkt vor mir biegt nach links ab. Ich fahre geradeaus weiter. Das andere Auto ist noch vor mir. Auf dem Rücksitz drängen sich drei kräftige Kerle und vorne sitzen noch zwei. Ich kann ihre Gesichter nicht erkennen. Das könnten irgendwelche Typen sein, die bis in die frühen Morgenstunden gefeiert haben und nun auf dem Heimweg sind. Aber über die muss ich mir nun wohl keine Gedanken mehr machen, denn sie biegen ebenfalls ab.

Ich fahre an ihnen vorbei, dann über die Ampel und am Busbahnhof entlang.

Ich nehme nicht den direkten Weg, Bigeyes, denn der führt über Einbahnstraßen. Ich fahre einen Umweg ums Football-Stadion. Ich möchte die Krone von hinten erreichen. Der Nachteil ist, dass sich auf diesen Straßen viele Penner rumtreiben, aber ansonsten sind sie meistens wie ausgestorben, und ich begegne lieber einem Penner als einem Feind.

Also los. Auf den Cornwall Drive, um den Kreisverkehr rum und geradeaus weiter, die Schubert Avenue runter. Der Van klappert ein bisschen, aber der Sprit reicht noch. Ich behalte die Tankanzeige im Auge, auch wenn du das vergisst, Bigeyes.

An der Kreuzung am Ende der Straße halte ich an, schaue mich um und biege nach links ab. Ich muss auf dieser Straße bleiben und ihr um die Kurve folgen. Siehst du das Stadion auf der rechten Seite? Das große dunkle Ding da. Jetzt ist es dort ganz ruhig. Ich mag es nicht besonders. Ich gehe nur an Spieltagen hin, um Brieftaschen zu klauen.

Oder besser gesagt, ging.

Denn das ist vorbei, Bigeyes. In dieser Stadt jedenfalls.

Ich muss wieder an Mary denken. Ich sehe ihr Gesicht vor mir. Auf dem ganzen Weg hierher habe ich es aus meinem Kopf verdrängt, weil ich befürchtet habe, dass ich es vielleicht gar nicht bis zu dem Gasthaus schaffe. Aber jetzt sind wir fast da. Und ich habe Angst, dass in letzter Minute noch was passiert.

Oder dass ich Mist baue.

Aber gleich da vorn ist die South Street.

Kurz davor biege ich ab. Wir nehmen diese trostlose kleine Seitenstraße. Sie ist ziemlich holprig und eng, aber wir können den Van ein Stück weiter unten parken und uns dem Gasthaus von hinten nähern. Wir bleiben weg von der South

Street. Der Van mag die Schlaglöcher hier nicht, aber wir sind gleich da.

Ich fahre an den Straßenrand, stelle den Motor ab und schaue mich genau um.

Hohe Mauern, hohe Gebäude. Alte Häuser, die lange vor dem Stadion gebaut wurden, Bigeyes. Und die Krone ist historisch. Die stammt wahrscheinlich aus einer Zeit, als Football noch gar nicht erfunden war.

Raus aus dem Van und wieder alles abchecken.

Niemand in Sicht. Gott sei Dank. Normalerweise schläft hier so ein alter Penner unter einer Decke. Aber ich sehe keine Spur von irgendwem. Okay, Bigeyes. Siehst du die Mauer links von uns? Das ist die Rückseite der Krone. Und das marode Gebäude dahinter ist das Gasthaus.

Wie gesagt, es ist sehr alt. Und das Tolle an so alten Gebäuden ist, dass man leicht in sie einbrechen kann.

Also los, wir müssen Mary finden. Wir müssen diese Sache in Ordnung bringen.

Ich klettere die Mauer hoch – das ist ganz schön anstrengend – und auf der anderen Seite wieder runter. Jetzt muss ich aufpassen. Ich war noch nie hier drinnen. Ein langer Garten mit Tischen und Stühlen. Die meisten sind abgedeckt. Ich schleiche zur Hintertür und inspiziere sie.

Ein Kinderspiel, Bigeyes. Diese Tür hat ein Schloss, das sogar du knacken könntest. Aber wenn das Regenrohr fest ist, könnten wir auch durch das Fenster im ersten Stock reinsteigen, das jemand netterweise für uns offen gelassen hat. So kämen wir vermutlich direkt zu den Gästezimmern und müssten uns nicht die Treppe raufschleichen.

Das Regenrohr hält. Wir klettern es hoch, aber vorsichtig und langsam. Ich versuche ruhig zu bleiben, aber ich kann es jetzt kaum noch erwarten, Mary zu sehen und mit ihr zu reden. Aber ich bin auch nervös, Bigeyes. Das gebe ich zu. Ich bin nervös, weil ich mich daran erinnere, was sie bei unserem letzten Gespräch zu mir gesagt hat.

Da ist das Fenster. Es ist nur einen Spalt offen, aber das ist kein Problem. Ich öffne es vorsichtig und leise und schlüpfe rein. Ein düsteres Badezimmer mit einem kalten Fußboden. Wasser tropft in ein Waschbecken. Ich greife zum Wasserhahn rüber, drehe ihn zu und checke die Tür. Sie ist halb offen.

Ich gehe durch. Nach links und nach rechts erstreckt sich ein Flur mit einer ganzen Reihe von Türen. Nun wird es schwierig, Bigeyes. Denn ich habe keine Ahnung, in welchem Zimmer Mary ist. Ich muss aufpassen, dass ich keinen anderen Gast aufwecke. Und es könnte auch riskant sein, Mary aufzuwecken. Denn wenn ich sie erschrecke, schreit sie womöglich.

Ich muss mich entscheiden. Links oder rechts?

Links.

Wir checken zuerst die Zimmer, die direkt an der South Street liegen. Ich schleiche mit gespitzten Ohren den Flur runter. Ein Auto fährt am Gasthaus vorbei. Es hält nicht an. Das Motorengeräusch entfernt sich. Die erste Tür ist verschlossen. Ich spüre, dass ich hier nicht richtig bin. Ich kann nicht erklären, warum. Aber in diesen Zimmern ist Mary nicht. Okay? Hier ist sie nicht. Sie ist …

Pst! Hör mal.

Da schnarcht jemand.

Das Zimmer liegt am Ende des Flurs. Es muss auch zur Straße rausgehen. Wenigstens wissen wir, dass die Person da drinnen schläft. Ich schleiche auf Zehenspitzen hin, ganz langsam, und ich bekomme so ein Gefühl …

Ja, ich weiß, Bigeyes. Das könnte sonst wer sein. Vielleicht hast du recht. Aber ich muss nachschauen. Ich muss es einfach. Ich erreiche die Tür, umfasse den Griff, drücke ihn und drehe ihn rum. Das Schnarchen hört auf.

Ich warte, hole tief Luft, stoße die Tür auf.

Und sehe Marys Augen, die mich anstarren.

Sie liegt in einem alten Einzelbett, auf Kissen gestützt, sodass sie fast sitzt. Ihre Haare hängen offen über ein scheußliches Nachthemd, das an einem Ärmel zerrissen ist. Ihre Klamotten vom Tag hat sie über einen Stuhl geworfen. Es ist ein schäbiges kleines Zimmer mit wackligen Möbeln und einem abgewetzten Teppich.

Sie sieht krank aus.

»Du siehst krank aus«, sagt sie.

Ich stutze. Dass sie das sagt, habe ich nicht erwartet.

»Mach die Tür zu«, sagt sie.

Ich schließe leise die Tür. Ich stehe da und beobachte sie. Sie mustert mich. Sie sieht überhaupt nicht überrascht aus, sondern fast so, als hätte sie mich erwartet.

»Ich habe dich erwartet«, sagt sie.

Mir wird ganz anders, wenn sie so redet.

»Sie sind in Gefahr«, murmele ich.

Sie sieht immer noch nicht überrascht aus, sondern fast belustigt. Dann wird ihr Blick sanft.

»Komm hier rüber«, sagt sie.

Ich gehe zum Bett. Nun beobachtet sie mich genau, so wie damals im Bungalow, als sie Angst hatte, dass ich ihr was antun könnte. Ich hoffe, dass sie jetzt keine Angst vor mir hat. Ich will nicht, dass sie Angst vor mir hat.

»Ich habe keine Angst vor dir«, sagt sie.

Ich fass es nicht, Bigeyes. Ich wünschte, sie würde aufhören, meine Gedanken zu lesen. Das ist mir total unheimlich. Ich setze mich aufs Bett, außer Reichweite.

»So nicht«, sagt sie.

»Wie nicht?«

»Du musst das überwinden.«

»Was?«

»Deine Angst vor Nähe. Diese Scheu, dich von einer Freundin anfassen zu lassen, die dir nichts Böses will.«

Ich antworte nicht, sondern sitze nur da und fühle mich unbehaglich. Sie streckt eine Hand aus. Ich sehe, dass es sie anstrengt, den Arm zu heben. Ich bleibe, wo ich bin.

»Komm schon«, murmelt sie. »Setz dich näher zu mir.«

Ich rücke näher, aber nur ein bisschen. Sie lässt die Hand aufs Bett fallen und seufzt.

»Ich kann das verdammte Ding nicht ewig in der Luft halten.«

Sie kichert, dann dreht sie sich um und beugt sich über die andere Seite des Bettes. Sie tastet ein bisschen rum, als würde sie was suchen, dann richtet sie sich auf. Sie hält eine Waffe in der Hand.

Und sie richtet sie auf mich.

»Setz dich jetzt näher zu mir!«

Ich schüttele den Kopf.

»Sie haben mir erzählt, dass da nur Platzpatronen drin sind.«

»Ach verdammt.« Sie schnalzt mit der Zunge. »Habe ich das wirklich erzählt?«

Ich liebe diese irische Stimme einfach, Bigeyes. Es ist, als würde Mary singen, statt sprechen. Ich ahme ihren Tonfall nach.

»Ja, das haben Sie.«

Sie runzelt die Stirn.

»Bitte sag mir, dass das kein irischer Akzent sein sollte.«

Sie legt die Waffe weg und heftet ihren Blick auf mich. Ich zögere, dann rücke ich näher. Und noch näher. Sie beobachtet mich weiter. Nun kann ich ihre Augen in der Dunkelheit besser sehen. Sie wirken sehr müde.

»Mary?«

»Ja, mein Schatz?«

»Werden Sie wirklich sterben?«

»Das habe ich dir doch schon am Telefon gesagt.«

»Ja, aber … ich meine … ob …«

»Ob ich jetzt sterbe, in diesem Augenblick?«, fragt sie.

»Nicht in diesem Augenblick.«

»Du meinst, heute?«

Jetzt macht sie sich über mich lustig. Diese Seite von ihr kenne ich noch gar nicht. Sie hat echt Humor. Aber wir haben jetzt keine Zeit für Scherze.

»Mary, hören Sie. Hören Sie mir bitte zu. Sie …«

»Heute sterbe ich noch nicht.«

»Mary …«

»Ich habe es jedenfalls nicht vor.«

Sie streckt wieder die Hand nach meiner aus. Ich sitze jetzt nahe genug bei ihr. Sie kann meine Hand nehmen, wenn sie will. Aber das tut sie nicht. Sie hält mir ihre nur hin. Ich weiß, was sie will. Sie kommt mir auf halbem Weg entgegen, aber weiter nicht.

Den Rest muss ich tun.

Ja, schon gut. Ich hab's kapiert.

Ich bewege meine Hand auf ihre zu, nur ein Stückchen. Sie hält ihre still, als wollte sie mir jeden Zentimeter abtrotzen. Herrje, Mary, nun nehmen Sie schon meine verdammte Hand. Aber das tut sie nicht. Sie wartet und beobachtet mein Gesicht. Ich strecke meine Hand immer weiter aus – und greife schließlich nach ihrer.

Ihre Finger umschließen meine.

Ihr Griff ist erstaunlich fest. Aus irgendeinem Grund muss ich plötzlich an die Hand von Jaz denken, an diese kleinen Finger. Die habe ich auch gehalten. Und vor denen hatte ich genauso viel Angst wie vor Marys Hand.

»Sie sind in Gefahr, Mary. In großer Gefahr.«

»Ja, ja.«

Sie klingt nicht besorgt, nur müde.

»Sie müssen weg«, sage ich. »Raus aus der Stadt. Weit weg. Hier sind Leute, die mich jagen. Und jetzt sind die auch hinter Ihnen her. Die Polizei will Sie befragen. Das habe ich in den Nachrichten gehört. Sie denkt, dass Sie vielleicht wissen, wo ich bin. Deshalb suchen diese anderen Kerle Sie nun auch. Und die sind gefährlich. Die sind …«

»Blade.« Sie schaut mir fest in die Augen. »Hör zu. Es geht nicht um mich. Es geht um dich.«

»Es geht auch um Sie.«

Sie schüttelt den Kopf.

»Es ist Zeit, dass du aufhörst, davonzulaufen. Das habe ich dir schon am Telefon gesagt.«

»Aber …«

»Du hast schlimme Dinge getan. Das hast du selbst gesagt. Also stelle dich der Polizei. Übernimm die Verantwortung für das, was du getan hast. Büße deine Strafe ab und dann mache einen neuen Anfang. Du bist noch jung genug, um eine Zukunft zu haben. Davonlaufen ist keine Lösung.«

»Aber diese Kerle …«

»Die sind mir egal.«

»Aber die werden Sie töten«, sage ich. »Vielleicht noch Schlimmeres.«

»Glaubst du, dass mich das noch kümmert?« Sie beobachtet mich einen Augenblick. »Was glaubst du, warum ich mich im Bungalow mit diesen Kerlen angelegt habe? Und bei dem Lagerhaus dann noch mal? Denkst du, ich bin von Natur aus mutig?«

»Ja, das denke ich.«

»Nein, das bin ich nicht.«

Doch, Bigeyes, das ist sie. Hör nicht auf sie. Sie ist mutig. Glaub mir. Sie ist einer der mutigsten Menschen, die mir je begegnet sind. Am Anfang hatte sie Angst vor mir, und vor meinen Feinden auch. Aber sie hat uns allen die Stirn geboten, ohne mit der Wimper zu zucken.

»Sie haben mir das Leben gerettet«, sage ich. »Und nun will ich Ihres retten.«

»Aber das kannst du nicht, mein Schatz.« Sie drückt meine Hand. »Siehst du das denn nicht? Ich habe nur noch ein oder zwei Wochen zu leben. Vielleicht auch nur noch ein paar Tage. Ich wusste, dass meine Zeit abgelaufen ist, als ich dir zum ersten Mal begegnet bin. Deshalb brauchte ich keinen Mut, um mich mit diesen Männern anzulegen. Was können sie mir schon tun, wenn ich eh bald sterbe?«

»Eine ganze Menge.«

»Was denn zum Beispiel?«

Ich lasse ihre Hand los und stehe auf. Ich zittere, aber ich kann nicht anders. Ich greife zur Wand rüber und schalte das Licht an. Mary sieht blinzelnd zu mir hoch. Ich erwidere ihren Blick einen Augenblick lang, dann ziehe ich meinen Mantel, meinen Pulli und mein Unterhemd aus und drehe ihr den nackten Rücken zu. Sie schnappt nach Luft.

»Mein Gott! Wer hat dir das angetan? Diese Männer?«

»Männer wie sie. Und es gibt eine ganze Menge von denen. Mehr als Sie je zu Gesicht bekommen wollen.«

Sie ist still. Aber ich spüre ihren Blick auf meinem Rücken, wie er über die Narben gleitet, die ich Dig zeigen sollte. Und im Geiste sehe ich sie auch vor mir. Ich kenne ihren Anblick, jede Linie. Ich habe sie schon oft genug in Hütten gesehen, in denen es viele Spiegel gab. Ich könnte sie für dich zeichnen, Bigeyes, in allen Einzelheiten. Und ich kann noch mehr.

Ich kann mich noch genau erinnern, wie es sich angefühlt hat, als die Kerle mich verletzt haben.

»Zieh deine Sachen wieder an«, sagt Mary leise.

Ich tue es, schalte das Licht aus und bleibe stehen.

»Setz dich wieder aufs Bett«, sagt sie. »Und gib mir wieder die Hand.«

Ich tue auch das. Wir reden nicht. Wir sitzen nur da, im

Dunkeln. Nach einer Weile merke ich, dass sie weint. Ich drücke ihre Hand, so wie sie vorhin meine gedrückt hat. Sie weint noch ein paar Minuten lang, dann zieht sie ein Taschentuch unter dem Kissen hervor und wischt sich die Nase ab.

»Es tut mir so leid, was du durchmachen musstest«, murmelt sie.

»Ihnen geht es auch nicht gerade blendend.«

Sie streichelt mit dem Daumen über meinen Handrücken. Das fühlt sich irgendwie tröstlich an. Sie putzt sich wieder die Nase.

»Wenn ich dir von mir erzähle, erzählst du mir dann auch von dir?«

Ich antworte nicht.

»Ich erzähle dir meine Geschichte auch so«, sagt sie. »Du kannst tun, was du willst. Du brauchst mir nichts zu erzählen. Ich habe nur gefragt, weil … weil mir etwas an dir liegt.«

Ich antworte wieder nicht.

Mach nicht so ein finsteres Gesicht, Bigeyes. Weißt du, warum ich nicht antworte? Weil ich nicht sprechen kann, darum. Und warum kann ich nicht sprechen? Weil mir auch was an Mary liegt. Verstehst du? Ich mag sie. Also schau mich nicht so an.

Mary redet weiter.

»Ich bin auf der Flucht vor meiner Familie. Oder besser gesagt, vor meiner Schwester.« Sie sieht mich nachdenklich an. »Weißt du, die Freunde, die man im Leben hat, kann man sich aussuchen, aber seine Familie erbt man. Wenn sie nett ist, hat man Glück. Aber wenn sie böse ist, hat man ernste Probleme.«

»Und Sie haben ernste Probleme.«

»Ich hatte welche. Bis ich Jacob wiedergefunden habe.«

Ich höre ein Auto draußen auf der South Street. Ich springe auf, ziehe den Vorhang beiseite und schaue raus.

»Du bist sehr schreckhaft«, sagt sie.

»Sie wissen, warum.«

»Diese Männer sind nicht an mir interessiert. Und, wie gesagt, die kümmern mich nicht. Ich mache mir bloß Sorgen um dich.«

Ich checke die Straße. Das Auto ist schon weitergefahren, ohne anzuhalten. Ich ziehe den Vorhang wieder zu.

»Erzählen Sie weiter«, sage ich.

»Jacob ist mein Zwillingsbruder«, sagt sie. »Und mein bester Freund auf der Welt.«

»Wo ist er jetzt?«

»Er schläft nebenan.«

Ich blicke zur Tür.

»Er wacht nicht auf«, sagt sie. »Ihn weckt nichts auf. Er hatte schon als Kind einen sehr festen Schlaf. Ich könnte diese Waffe abfeuern und er würde es nicht hören.«

Ich schaue zu ihr zurück.

»Was ist mit den anderen Zimmern?«

»Die sind leer.«

»Alle?«

»Ja. Im ganzen Gasthaus ist niemand außer mir und Jacob.«

»Ist er der Besitzer der Krone?«

Sie schüttelt den Kopf.

»Das Gasthaus gehört Freunden von ihm, die er aus Dublin kennt. Sie wohnen ein paar Häuser weiter. Jacob hilft in der Bar und im Restaurant aus. Dafür kann er hier umsonst wohnen und essen. Und ich jetzt auch. Noch ein paar Tage jedenfalls.«

»Wissen diese Leute, dass die Polizei nach Ihnen sucht?«

»Ja.«

»Und Jacob?«

»Er natürlich auch.« Sie drückt wieder meine Hand. »Ich wusste das bereits, bevor ich hierherkam. Ich höre auch Radio, weißt du.« Schwer atmend lehnt sie sich auf die Kissen zurück. »Deshalb wusste ich, dass du kommen würdest.«

»Das konnten Sie nicht sicher wissen.«

»Doch.«

»Warum?«

Sie dreht den Kopf zu den Vorhängen.

»Weil sich hinter deiner rauen Schale ein großes Herz verbirgt.«

Ich schweige. Ich weiß nicht, was ich sagen soll.

»Auch wenn du es nicht glaubst, du hast ein großes Herz«, sagt sie. »Du leidest unter dem, was du getan hast. Du sorgst dich um mich. Und wahrscheinlich gibt es noch andere Menschen, um die du dich sorgst.«

Ich denke an Jaz. Ja, Bigeyes. Ich denke an Jaz.

»Meine Geschichte ist schnell erzählt. Ich besitze einen Bauernhof im Süden Irlands. Nur einen kleinen, aber mit sehr fruchtbarem Land. Ich habe ihn von meinen Eltern geerbt und mein Leben lang bewirtschaftet.«

»Haben Sie einen Mann?«

»Nein. Ich war nie verheiratet. Ich wollte nie heiraten. Die Leute, die ich brauchte, habe ich angeheuert. Und Jacob hat mir auch viel geholfen. Wir stehen uns sehr nahe, weißt du? Wie gesagt, er ist mein bester Freund auf der Welt. Er hat fast sein ganzes Leben lang bei mir auf dem Hof gewohnt. Und der Betrieb ist immer gut gelaufen, keine Frage. Aber ich habe keine Kinder, denen ich ihn hinterlassen könnte.«

»Können Sie ihn nicht verkaufen?«

»Das könnte ich schon.« Sie macht eine Pause. »Aber ich will ihn Jacob vermachen.«

»Will er ihn denn?«

»Oh ja. Sehr gern sogar. Er liebt diesen Bauernhof. Deshalb habe ich in meinem Testament festgelegt, dass er ihn bekommen soll, wenn ich sterbe.«

»Und wo liegt das Problem?«

»Das Problem sind meine Schwester Luisa und ihr Mann. Und die Leute, die sie angeheuert haben, um für sie die Drecksarbeit zu erledigen.«

Wieder ein Auto draußen. Diesmal schaue ich nicht raus, sondern horche nur. Es bleibt direkt unter dem Fenster stehen, mit laufendem Motor. Mary beobachtet mich genau und sagt nichts. Der Motor läuft immer noch im Leerlauf, dann heult er plötzlich auf, und das Auto rast davon.

»Erzählen Sie weiter«, sage ich.

Sie sieht mich fragend an.

»Willst du das wirklich?«

»Klar. Ich will Ihre Geschichte hören.«

»Luisa ist die jüngste von uns dreien. Und sie ist ein echtes Biest. Nichtsnutzig, gierig, launisch, fast … ich sage es nicht gern …«

»Böse«, murmele ich.

»Ja. Das ist sie wohl. Jacob will nichts mit ihr zu tun haben. Und sie hatte immer schon ein bisschen Angst vor ihm. Das hatte den Vorteil, dass sie sich auch von mir fernhielt, solange er auf dem Bauernhof war. Aber nach Jacobs Abreise hatte ich ständig Ärger mit ihr.«

»Warum?«

»Weil sie unbedingt den Bauernhof haben will. Sie war immer schon scharf auf ihn, und ihr Mann auch. Sie brauchen den Hof nicht. Sie schwimmen in Geld. Sie haben bereits viel Grundbesitz in der Gegend. Aber es ist erstklassiges Land und sie wollen Kapital daraus schlagen.«

»Also was ist passiert?«

»Zuerst versuchten sie mich dazu zu überreden, mein Testament zu ändern, sodass nicht Jacob, sondern Luisa den Hof erben würde. Sie argumentierten, Jacob sei zu alt und zu eigenbrötlerisch. Er tauge nicht zum Geschäftsmann, während sie Erfahrung mit der Verwaltung von Grundbesitz hätten, und so weiter.«

»Haben Sie sich überreden lassen?«

»Natürlich nicht.«

»Was ist dann passiert?«

»Sie haben mich entführt.«

»Im Ernst?«

Mary nickt.

»Sie gerieten in Panik, als ich plötzlich krank wurde. Ich hatte mich schon eine Weile unwohl gefühlt, aber ich hatte niemandem etwas davon gesagt. Dann bekam ich auf einmal diese furchtbaren Schmerzen. Ich ließ mich untersuchen und erfuhr, dass ich Krebs hatte und dass keine Operation mir noch helfen konnte. Völlig niedergeschmettert ging ich nach Hause. Ich wollte unbedingt mit Jacob reden. Aber ich wusste nicht, wo er war. Er war in diese Stadt hier gereist, um ein paar alte Freunde zu besuchen und vielleicht ein paar Wochen zu bleiben. Das war alles, was ich wusste.«

Sie zögert.

»Jacob ist … sein eigener Herr. Er liebt seine Freiheit und meint, jeder sei so ein Einzelgänger wie er. Es ist nicht seine Art, alle fünf Minuten anzurufen. Und er mag keine Handys, deshalb hat er keins. Er sagte, er würde sich bei mir melden, wenn er hier eine feste Adresse hätte. Und ich weiß, dass er das früher oder später auch getan hätte, aber als ich die Diagnose erhielt, hatte ich noch nichts von ihm gehört. Ich kannte die Namen seiner Freunde nicht, deshalb konnte ich ihn nicht erreichen, um ihm zu sagen, dass ich krank war. Ich wusste nur, dass er irgendwo in dieser Stadt war. Ich wollte nicht, dass Luisa erfuhr, dass ich Krebs hatte, weil ich befürchtete, dass sie mich dann massiv unter Druck setzen würde. Aber sie fand es irgendwie heraus und handelte sofort.«

Marys Miene verfinstert sich. Sie blickt zu Boden, als wollte sie das verbergen.

»Sie kamen mitten in der Nacht. Nicht Luisa oder ihr Mann. So was würden sie nie selbst machen. Es waren ein paar vermummte Männer. Aber mir war sofort klar, wer sie geschickt hatte.« Sie packt meine Hand fester. »Sie verfrachteten mich in einen Lieferwagen und fuhren mich zu einem leer stehenden Haus. Sie sperrten mich in einen fensterlosen Raum, ohne Wasser, ohne etwas zu essen, ohne Toilette. Und dort bearbeiteten sie mich.«

Das halte ich nicht aus, Bigeyes. Ich will gar nicht mehr hören. Aber sie fährt fort.

»Die Einzelheiten werde ich dir ersparen.« Sie spricht leise und mit gepresster Stimme. »Aber wie du dir denken kannst, war der Zweck dieser Übung, mich dazu zu bringen, mein Testament zu ändern.«

»Und haben Sie das getan?«

»Nein.« Sie blickt auf. Nun ist ihre Miene trotzig. »Ich gab nicht nach.«

Mensch, Bigeyes, hast du das gehört? Ich habe dir doch gesagt, dass sie mutig ist. Und jetzt sage ich dir noch was. Sie ist mehr als mutig. Sie ist heldenhaft. Sie hat mehr Mumm als alle Schläger der Welt zusammen.

Ihre Augen verengen sich.

»Und dann bin ich geflohen.«

Das ist der Hammer, Bigeyes. Ich fass es nicht. Sie hat diesen Kerlen die Stirn geboten und ist ihnen entkommen. Sie hat sich befreit. Und später hat sie dann mich gerettet. Ich sage dir, ich liebe diese alte Lady. Ich bewundere sie total. Ich habe nicht halb so viel Mumm wie sie.

Ihre Augen glänzen jetzt wie Stahl.

»Eine Bodendiele war lose«, sagt sie. »Ich schaffte es, sie mit dem Absatz meines Schuhs herauszubrechen. Dann stieß ich das Ende des Bretts gegen den Türgriff. Ich musste immer wieder draufschlagen, aber der Schließmechanismus war nicht besonders stabil. Schließlich ging er kaputt und ich kam raus.«

»Und was war mit Ihren Entführern?«

»Die waren nicht da. Sie waren wohl hinausgegangen. Vielleicht um eine Zigarettenpause zu machen oder was weiß ich. Es war immer noch tiefe Nacht. Sie rechneten offenbar nicht damit, dass ich ausbrechen könnte. Sie ließen mich in dem Zimmer zurück und schlossen nur die Tür ab. Vermutlich wollten sie zurückkommen, aber ich sah sie nicht, als ich es schließlich runter ins Erdgeschoss schaffte.«

»Was haben Sie dann gemacht?«

»Ich bin weggelaufen. Na ja, so schnell, wie eine kranke alte Frau eben laufen kann.«

»Zur Polizei?«

Sie schüttelt den Kopf.

»Ich konnte ja nicht beweisen, wer es war. Ich hatte die Gesichter meiner Entführer nicht gesehen und kannte ihre Namen nicht. Und ich hatte nichts Konkretes gegen Luisa und ihren Mann in der Hand. Ich hätte nur aussagen können, dass ein paar Männer, die ich nicht identifizieren konnte, versucht hatten, mich zu zwingen, mein Testament zugunsten meiner Schwester zu ändern. Ich wusste, dass ich diese Behauptung nicht belegen konnte. Und ich wusste auch, dass Luisa erneut versuchen würde, mich einzuschüchtern.«

»Deshalb sind sie hierhergekommen, in diese Stadt.«

»Ja. Weil ich nicht mehr lange zu leben habe. Ich wollte nur noch Jacob finden und Luisas Schlägern entkommen. Das Testament ist sicher aufbewahrt. Jacob wird den Bauernhof erben.«

»Wird Luisa es bei ihm dann nicht auch versuchen?«

»Was? Du meinst, ihn zu überreden oder einzuschüchtern?«

»Ja.«

»Nein, denn das würde ihr nicht gelingen. Jacob hat keine

Angst vor ihr. Er hat vor niemandem Angst. Er verachtet Luisa, erst recht nach dem, was passiert ist. Er wird den Bauernhof sonst wem auf der Welt hinterlassen, aber ihr bestimmt nicht. Und das weiß sie.«

Nach einer Pause fährt Mary fort.

»Aber während dieses ganze Drama ablief, war Jacob völlig ahnungslos. Und ich wollte ihm unbedingt alles erzählen und meine letzten Tage mit ihm verbringen. Er ist alles, was mir noch geblieben ist.«

Sie sieht mich kurz merkwürdig an.

»Na ja, nicht ganz.«

Ich bin mir nicht sicher, was sie damit meint.

Sie streichelt wieder meine Hand.

»Ich habe mich strafbar gemacht«, sagt sie. »Ich habe die Polizei irregeführt, indem ich einen falschen Namen und eine falsche Adresse angab. Und ich habe ohne Erlaubnis den Bungalow fremder Leute benutzt. Aber die Sache ist die … Ich habe nicht mehr viel Zeit. Und ich will meine kostbaren letzten Stunden nicht irgendwelchen Polizisten opfern, die mit mir reden wollen. Ich möchte sie mit Jacob verbringen.«

Wieder sieht sie mich so merkwürdig an.

»Obwohl es so aussieht, als wäre es mir bestimmt, etwas von meiner restlichen Zeit mit dir zu verbringen«, fügt sie hinzu.

»Das tut mir leid«, sage ich.

»Mir nicht«, antwortet sie.

Stille. Ich fühle mich irgendwie unbehaglich. Sie sagt nichts. Also spreche ich.

»Wie kamen Sie zu Ihrem Bauernhof zurück, nachdem sie aus dem Haus ausgebrochen waren?«

»Wie schon gesagt, ich bin gelaufen. Zum Glück war es nicht allzu weit. Auf dem Bauernhof war niemand, als ich dort ankam, aber ich wusste, dass mir nicht viel Zeit blieb, bis sie mich dort suchten. Ich wusch mir schnell das Gesicht, zog mich um und holte die alte Waffe meines Vaters aus der Schublade.«

Sie nimmt die Knarre in die Hand und betrachtet sie.

»Er benutzte sie nur, um Krähen zu verscheuchen. Er schoss mit Platzpatronen in die Luft.«

Sie legt das Ding wieder weg.

»Ich steckte die Waffe und ein paar Platzpatronen ein, suchte schnell noch ein paar persönliche Sachen zusammen und verschwand. Ich hob vom Bankautomaten in unserem Städtchen den Höchstbetrag ab und eilte zum Hafen, um die Fähre nach England noch zu erwischen. Seither habe ich kein Geld mehr abgehoben. Ich will keine Spuren hinterlassen.«

Sie fröstelt.

»Denn ich sage dir, solange ich noch am Leben bin, wird Luisa die Suche nicht aufgeben. Sie weiß nicht, dass ich bei Jacob bin. Aber selbst wenn sie das ahnt, wird sie weitersuchen. Erinnerst du dich an die drei brutalen Kerle, die in den Bungalow einbrachen?«

»Klar.«

»Ich dachte zuerst, das wären Luisas Schläger. Ich kam gar nicht auf den Gedanken, dass sie hinter dir her sein könnten.«

Wenn ich das bloß gewusst hätte, Bigeyes. Verdammt, ich hätte ihr helfen können. Ich hätte ihr helfen sollen. Warum habe ich das nicht getan? Und jetzt ist es zu spät. Sie sieht mich an und lächelt, und ich ahne, dass sie wieder meine Gedanken liest.

»Du hättest mir nicht helfen können«, sagt sie. »Du hattest genug eigene Probleme. Aber weißt du was? Als ich dir im Bungalow Geld geben wollte …«

»Hundert Eier.«

»Ja.« Sie runzelt die Stirn. »Ich kann dir gar nicht sagen, wie froh ich war, als du das Geld abgelehnt hast. Denn das war fast alles, was ich noch übrig hatte.«

Trotzdem hat sie es mir angeboten, Bigeyes. Verstehst du das? Sie wollte es mir trotzdem geben. Mensch, ich komme mir richtig mies vor. Ich zwinge mich zum Sprechen.

»Wie haben Sie Jacob gefunden?«

»Er hatte mir erzählt, dass seine Freunde einen Pub oder ein Bistro oder so was besitzen. Er wusste es nicht genau. Typisch Jacob. Er hatte nur ihre Telefonnummer und dachte natürlich nicht daran, sie mir zu geben. So klapperte ich alle Pubs, Bistros und Bars ab, die ich erreichen konnte. Und es gibt Hunderte in dieser Stadt.«

Sie seufzt müde.

»Ich war kurz vorm Verzweifeln. Ich kann inzwischen nicht mehr viel laufen. Und ich spürte, dass meine Kräfte mich allmählich verließen. Als ich dich hinter dem Lagerhaus fand, war ich gerade dabei, ein paar Kneipen unten am Fluss abzuklappern. Und dann geschah das Wunder. Vielleicht war es ein kleines Geschenk des Schicksals, weil ich dir geholfen hatte. Ich weiß es nicht.«

»Was meinen Sie?«

»Ich fuhr mit dir ins Krankenhaus. Und während du operiert wurdest, traf ich Jacob. Ausgerechnet dort.«

»Im Krankenhaus?«

»Ja.«

Draußen auf der Straße höre ich wieder ein Auto. Sein Motor klingt satter als die anderen, nach einem teuren Schlitten. Mary nimmt keine Notiz von ihm.

»Er war gerade in der Notaufnahme gewesen. Ist das nicht ein unglaublicher Zufall? Er hatte sich mit einem Küchenmesser in die Hand geschnitten und wollte die Wunde richtig verbinden lassen. Wir erblickten einander im selben Augenblick. Es war einfach … fast zu schön, um wahr zu sein.«

Der Motor wird lauter. Warum habe ich nun Angst, Bigeyes? Das könnte sonst wer sein. Die anderen Autos waren kein Problem. Vielleicht ist dieses auch keins. Aber ich habe trotzdem Angst. Mary spricht wieder.

»Ich hoffte, du würdest mir auch etwas von dir erzählen.«

Sie senkt die Stimme.

»Aber dazu ist jetzt wohl keine Zeit mehr. Weil du gleich gehst, nicht wahr?«

Das Motorengeräusch kommt näher. Jetzt ist das Auto nur noch ein paar Meter entfernt. Ich kann es nicht sehen, aber das ist auch nicht nötig. Es hält direkt vor der Krone. Der Motor geht aus. Ich höre eine Wagentür, dann noch eine. Mary spricht wieder, sanft und leise.

»Ich verstehe.«

»Wirklich?«

»Ja.«

Sie sieht mir in die Augen.

»Du willst sie weglocken, damit sie mir nichts antun können.«

Sie hat recht, Bigeyes. Ich will nicht, dass die Kerle ihr was antun. Niemand soll ihr was antun. Sie beugt sich plötzlich vor, zieht mich an sich und umarmt mich. Ich spüre, dass sie zittert.

»Pass gut auf dich auf«, murmelt sie. »Und vergiss mich.«

»Ich werde Sie nie vergessen.«

»Vergiss mich, und jetzt geh.«

Sie schubst mich von sich. Ich schaue sie an. Ich zittere ebenfalls und kann nicht aufhören. Ich will etwas, von dem ich nie gedacht hätte, dass ich es mir mal wünschen würde. Ich möchte, dass sie mich noch mal umarmt. Sie sieht mich an, versteht und nimmt mich wieder in die Arme. Ich umarme sie auch, ganz fest.

Schritte auf der Straße, und leise Stimmen.

Eine erkenne ich sofort.

Das ist der Dicke.

Mary küsst mich auf die Wange und schubst mich wieder von sich. Ich stehe auf und schaue zu ihr hinunter. Das ist das allerletzte Mal, dass ich sie sehe. Das weiß ich. Und sie weiß es auch.

»Ich mag Sie sehr, Mary«, murmele ich. »Ich habe Sie wirklich gern.«

Sie lächelt mich an. So sanft und zärtlich hat mich noch nie jemand angelächelt.

»Ich weiß, mein Schatz«, sagt sie.

Ich schaue ihr noch einen Moment in die Augen, dann wende ich mich zur Tür.

Und schon bin ich weg.

Ich laufe leise den Flur runter und horche auf Geräusche. Ja, Bigeyes, ich habe einen Dachschaden, aber ich kann noch denken. Und im Moment habe ich nur einen Gedanken.

Ich muss diese Kerle von Mary weglocken.

Ich bin nicht wichtig. Aber ich muss Mary beschützen. Und Jaz auch. Die beiden sind alles, woran mir jetzt noch was liegt. Nur sie sind es wert, dass ich mich um sie sorge.

Langsame Schritte auf der Treppe. Ich höre sie gut, und die Geräusche aus dem Pub auch. Die Kerle haben sich getrennt. Der Dicke ist nach rechts gegangen, der andere nach links. Da bin ich mir sicher. Die schweren Schritte des Dicken sind leicht von den anderen zu unterscheiden. Bum, bum, bum. Er meint wahrscheinlich, er würde schleichen.

Den anderen Kerl höre ich nun nicht mehr. Ich kann nicht ausmachen, wo er ist. Moment, horch mal.

Ein kleiner, schlurfender Schritt, und schon ist es wieder ruhig. Aber jetzt weiß ich, wo der Kerl ist. Er ist draußen bei der Imbissbude. Ich muss scharf nachdenken, Bigeyes. Irgendwie muss ich rausklettern, zu Digs Van kommen und wegfahren, aber so, dass die beiden mich sehen und mir folgen.

Denn ich bin derjenige, hinter dem sie her sind. Und es besteht immer noch die Chance, dass sie nicht mal wissen, dass Mary hier ist. Irgendwer hat ihnen einen Tipp gegeben, aber vielleicht hat ihr Informant nur mich gesehen. Hoffentlich. Hauptsache, Mary ist und bleibt hier sicher. Deshalb muss ich die Kerle unbedingt weglocken.

Und jetzt habe ich eine andere Idee.

Vergiss das Regenrohr und den hinteren Garten.

Wir nehmen die Vordertür. Das ist riskanter, aber im Moment ist nur der Dicke in unserer Nähe, und den könnte ich sogar auf einem Fuß abhängen. Ich laufe weiter den Flur runter und bleibe oben an der Treppe stehen. Es ist jetzt überall still, drinnen und draußen. Ich höre nur meinen eigenen Atem und die Alarmglocken in meinem Kopf.

Ich kann immer noch Marys Tür sehen. Ich habe sie hinter

mir geschlossen und sie ist immer noch zu. Aber ich kann mir Mary vorstellen, wie sie angespannt in ihrem Bett liegt. Ich weiß, dass sie sich schreckliche Sorgen um mich macht. Ich muss gehen. Ich muss aus ihrem Kopf verschwinden. Und ich muss dafür sorgen, dass ihr Unterschlupf sicher bleibt.

Ich husche die Treppe runter und zur Vordertür rüber. Ich horche wieder. Keine Geräusche draußen, aber jetzt muss ich abhauen, egal was passiert. Wenn sie wissen, dass ich in diesem Haus bin, werden sie per Handy Hilfe anfordern. Falls sie nur auf Verdacht hier sind, habe ich noch eine Chance.

Ich öffne die Klappe des Briefkastens und spähe raus. Keine Spur von irgendwem, nur die dunkle Straße und der Wagen, den sie dort geparkt haben. Ein großer, glänzender Angeberschlitten. Aber es sitzt niemand drin. Okay, es sind also nur zwei. Und einer von ihnen ist der Dicke.

Jetzt höre ich schwere Schritte, die sich nähern. Der Dicke kommt zurück. Ich schließe die Briefkastenklappe und horche. Er stapft vorbei und auf den Imbissstand zu, um sich seinem Kumpel anzuschließen. Aber der bewegt sich jetzt auch wieder. Ich kann ihn hören. Er kommt zurück.

Die Schritte verstummen. Links von mir höre ich die beiden reden. Und diesmal erkenne ich auch die andere Stimme. Das ist dieser fiese Lenny, einer von Paddys alten Kumpels.

Ich weiß, was ich tun muss. Ich weiß es genau. Aber vorerst muss ich in Deckung bleiben. Sie dürfen mich nicht aus dem Pub kommen sehen, mich nicht mit der Krone in Verbindung bringen. Sie müssen mich woanders sehen. Aber ich kann nicht weg, bis ich weiß, in welche Richtung sie laufen.

Wenn sie hierher zurückkommen, bin ich aufgeschmissen. Wenn sie die andere Richtung einschlagen …

Sie bewegen sich wieder.

Ich horche und warte. Ich höre sie immer noch reden, aber die Stimmen entfernen sich, und die Schritte ebenfalls. Sie laufen nach links, in die andere Richtung. Jetzt oder nie. Eine bessere Chance bekomme ich nicht.

Ich öffne die Vordertür, so leise wie ich kann. Hoffentlich klickt das Schloss nicht. Nein, Gott sei Dank. Ich spähe raus auf die Straße. Die beiden Kerle sind drüben bei der Imbissbude. Sie sind stehen geblieben, aber sie drehen mir den Rücken zu.

Vorsichtig schließe ich die Tür. Sie klickt wieder nicht. Zum Glück. Ich behalte die Kerle im Auge. Sie blicken immer noch in die andere Richtung und unterhalten sich leise. Der Dicke hat eine Taschenlampe rausgeholt und leuchtet damit in die kleine Gasse neben dem Imbiss.

Ich husche die South Street runter, weg von meinen Feinden, und halte mich dicht bei den Häusern. Ich werfe einen Blick über die Schulter. Sie haben sich noch nicht umgedreht. Ja, ihr Mistkerle, steckt weiter die Köpfe in diese Gasse. Ich laufe weiter, auf das Ende der South Street zu. Sie haben sich immer noch nicht umgedreht.

Nur noch ein kleines Stück. Ich schleiche weiter, im Schatten der Häuser. Jetzt sind wir da, Bigeyes. Da vorn endet die South Street und rechts geht die Wistler Road ab. Die führt hinten um diese Gebäude rum zu der kleinen Seitenstraße, in der ich den Van abgestellt habe.

Ich verstecke mich im Eingang der Bank an der Ecke und schaue mich um. Die beiden sind weitergelaufen. Sie stehen jetzt mitten auf der South Street und blicken zur Krone rauf. Du lieber Himmel, Bigeyes, hoffentlich hat Mary kein Licht angemacht oder so was. Sie sollen denken, dass in der Krone noch niemand wach ist.

Und sie sollen mich entdecken.

Es muss so aussehen, als käme ich von woanders.

Jetzt oder nie.

Ich trete aus dem Eingang der Bank und spaziere auf die South Street, als wollte ich sie von der Wistler Road aus überqueren und in die andere Richtung laufen. Ich warte darauf, dass einer der beiden mich entdeckt und brüllt.

Nichts.

Los, ihr Mistkerle, wacht auf. Dann höre ich einen Ruf.

»Da!«

Es ist die Stimme des Dicken. Ich höre, dass sie loslaufen. Ich bleibe stehen, drehe mich um und tue überrascht. Ich muss die beiden austricksen. Wenn ich jetzt gleich die Wistler Road runterrenne, wird einer mich verfolgen, und der andere wird zur Seitenstraße rüberlaufen und mir von dort den Weg abschneiden. Dann schaffe ich es nicht zu Digs Van.

Ich muss ein Weilchen zögern, damit beide hierherlaufen, und dann erst die Wistler Road runterrennen. Sie sollen zusammenbleiben, mich nicht aus entgegengesetzten Richtungen verfolgen. Zu nahe darf ich sie allerdings nicht rankommen lassen. Es sieht so aus, als wäre Lenny ziemlich schnell, und du weißt ja, dass ich kein besonders guter Läufer bin.

Ich flitze über die Straße, als wollte ich durch das Tor in den Park laufen, bleibe unschlüssig stehen, als würde ich es mir anders überlegen, renne dann doch weiter, bleibe wieder stehen und renne zur Wistler Road zurück. Sie nähern sich schnell, besonders Lenny, aber ich muss sie noch näher rankommen lassen. Sie dürfen sich nicht trennen und mich von zwei Seiten in die Zange nehmen.

Ich tue so, als würde ich stolpern, lasse mich zu Boden fallen und rappele mich wieder hoch. Jetzt ist es aber Zeit. Mist, es ist höchste Zeit. Vielleicht habe ich zu lange rumgetrickst. Sie stürmen auf mich zu und ihre Augen funkeln triumphierend.

Ich biege in die Wistler Road ein.

Ich habe mir zu viel Zeit gelassen. Jetzt sind sie so dicht hinter mir, dass ich Lennys schnelle Atemstöße und das Keuchen des Dicken hören kann. Ich flitze die Wistler Road runter, dann nach rechts in die kleine Seitenstraße. Atemlos renne ich weiter, so schnell ich kann. Ich werfe einen Blick über die Schulter.

Der Dicke ist erschöpft stehen geblieben, aber Lenny folgt mir mit großen Sätzen und holt auf. Ein Stück vor mir, im Schatten am Straßenrand, sehe ich zwei Penner in einer Mülltonne wühlen. Lenny schreit ihnen zu: »Der Bursche da hat mir die Brieftasche geklaut! Ich gebe jedem von euch hundert Mäuse, wenn ihr ihn aufhaltet!«

Sie richten sich auf, blicken einander an und stellen sich mir in den Weg. Ich renne nach rechts, hebe eine alte Kiste auf und werfe sie nach ihnen. Der eine Penner weicht zurück, der andere bleibt stur stehen.

»Halt ihn auf!«, brüllt Lenny.

Der Penner schlurft langsam auf mich zu. Ich packe eine Mülltonne. Gott sei Dank ist sie leer. Ich hebe sie hoch und schleudere sie nach ihm. Sie donnert vor ihm auf den Boden. Er schreckt zurück, und schon bin ich an ihm vorbei. Aber ich habe Zeit verloren und Lenny hat weiter aufgeholt.

Er ist mir jetzt dicht auf den Fersen.

Ich werde es nicht bis zum Van schaffen. Unmöglich.

Noch ein Penner vor mir. Ein alter Mann, der mit einer Flasche in jeder Hand rumtorkelt. Er schaut zum Nachthimmel rauf und brabbelt vor sich hin. Ich glaube nicht, dass er mich schon gesehen hat. Lenny brüllt wieder.

»Halt den Burschen da auf! Er hat mir die Brieftasche geklaut. Hundert Mäuse, wenn du ihn aufhältst!«

Der Alte redet weiter mit dem Himmel. Ich stürze mich auf ihn, ehe er weiß, wie ihm geschieht, schnappe mir die Flaschen und drehe ihn rum, sodass er zwischen mir und Lenny steht. Lenny rasselt in ihn rein und beide fallen hin.

Ich renne weiter. Nun kann ich den Van schon sehen. Er ist nur noch ein kurzes Stück entfernt. Und da, auf der rechten Seite, ist die Rückseite der Krone. In einem der oberen Fenster brennt Licht. Da stehen zwei Gestalten. Mary und ein Mann. Das muss Jacob sein.

Sie haben mich gesehen.

Jacob spricht in ein Telefon.

Aber ich habe jetzt keine Zeit. Lenny nähert sich wieder, schneller denn je. Auf der South Street drüben höre ich einen Motor aufheulen. Der Dicke muss zum Auto zurückgelaufen sein. Mir bleiben nur noch ein paar Sekunden, bis er um die Ecke biegt und mich abfängt.

Weiter zum Van. Ich krame nach dem Autoschlüssel.

Ich habe ihn. Ich reiße die Fahrertür auf und schaue mich kurz um. Lenny stürmt auf mich zu. Ich werfe die Flaschen nach ihm. Er weicht der einen aus, fängt die andere auf und rennt weiter. Ich springe in den Van, verriegele die Tür, stecke den Schlüssel ins Zündschloss, drehe ihn rum und bete.

Der Motor krächzt nur, auch beim zweiten und dritten Versuch.

Komm schon, du Scheißkarre!

Endlich springt der Motor an. Ich gebe Gas und schalte in den ersten Gang.

Ein Schlag gegen die Fahrertür. Lenny ist da und presst

sein Gesicht gegen die Scheibe. Er hält sich am Wagen fest, trommelt wütend auf ihn ein, flucht und spuckt Gift und Galle. Ich fahre los, aber er klammert sich weiter fest und schlägt gegen die Seite des Wagens. Ich fahre schneller.

Peng! Das Seitenfenster zerspringt und Glas fliegt in den Wagen. Lenny hat die Scheibe mit der Flasche eingeschlagen, um reinzukommen. Blut tropft von seiner Hand, weil er sich geschnitten hat, aber er packt mich an der Kehle.

Ich drücke aufs Gas und er fällt vom Wagen. Ich sehe im Rückspiegel, wie er sich auf dem Boden wälzt. Ich schalte hoch und fahre so schnell, wie ich kann. Ich muss aus diesem Sträßchen rauskommen, bevor der Dicke reinfährt. Aber ich bin zu spät. Vor mir sind Scheinwerfer, die sich schnell nähern.

Okay, Fettsack. Wenn du es so willst. Ich schalte das Fernlicht an, drücke auf die Hupe, trete das Gaspedal durch bis zum Anschlag und steuere direkt auf ihn zu. Ja, du Scheißkerl, ich bin bereit, Blut zu lassen. Du auch?

Er ist es nicht. Er reißt den Wagen zur Seite wie ein Irrer. Ich rase vorbei und schramme dabei sein glänzendes Spielzeug. Unsere Blicke treffen sich, nur eine Sekunde lang, dann bin ich weg. Rüber auf die South Street, nach rechts, dann nach links. Und über die Tannery Lane auf und davon.

Aber da kommen meine Feinde, schnell wie der Wind. Mit quietschenden Reifen jagen sie mir hinterher. Sie haben keine Sekunde verloren. Das muss ich ihnen lassen. Sie müssen die Wistler Road runtergedüst sein und dann hierher. Ich blicke in den Rückspiegel. Der Dicke fährt und Lenny wickelt irgendwas um seine verletzte Hand.

Sonst sind noch keine Autos in Sicht. Warum nicht? Und warum fordert Lenny keine Unterstützung an? Statt seine Hand zu verbinden, sollte er zuerst Hilfe rufen. Aber ich glaube, ich weiß, was die beiden wollen. Ich kann es in ihren Gesichtern lesen. Sie wollen mich unbedingt kriegen. Und sie wollen mich selbst erwischen. Das ist für sie was Persönliches.

Umso besser. Denn eins haben sie vergessen, Bigeyes. Vielleicht hast du das auch vergessen. Ich kenne diese Stadt in- und auswendig. Sie ist mein Revier. Ja, Bigeyes, sie ist mein Revier. Nicht ihres, nicht deines, sondern meines. Und weißt du was? Ich habe es satt, vor Abschaum zu fliehen. Diese beiden wollen mich unbedingt selbst erwischen. Na gut, wir werden ja sehen, wie das ausgeht.

Wer jagt wen?

Wer wird gewinnen?

Das große Problem ist der Sprit. Der Zeiger ist inzwischen ganz unten. Vielleicht habe ich nicht mehr genug im Tank, um das Haus des Professors zu erreichen. Aber ich kann diese Kerle trotzdem austricksen. Wenn der Sprit bis dorthin reicht, wo ich hinwill. Und wenn die Bullen mir nicht in die Quere kommen.

Wir werden die Seitenstraßen nehmen.

Nach links in die Morris Lane, am Ende nach rechts, runter

zum Markt, dann auf den Copeland Drive. Die beiden liefern mir immer noch eine heiße Verfolgungsjagd. Der Dicke fährt gut. Das muss ich zugeben. Zu Fuß bewegt er sich wie ein Pudding, aber er hat einen sehr sportlichen Fahrstil. Mit diesem Van kann ich die beiden nicht abhängen. Aber das will ich auch gar nicht. Nicht jetzt.

Über die Pflastersteine, nach links in die Cartmel Lane, wieder links und dann rechts, in die Beaston Road. Ich schaue in den Rückspiegel. Sie sind mir immer noch dicht auf den Fersen. Ich kann sehen, wie der Dicke sich über das Steuer beugt. Er sieht aus wie ein angriffslustiger Bär.

Ja, Fettsack, ich kann deinen Atem spüren, deinen stinkenden, pfeifenden Atem. Und das ist gut. Denn ich brauche dich genau da, wo du bist. Dich und deinen Kumpel. Nah, ganz nah. Ich sehe, wie die Miene des Dicken sich verfinstert. Die beiden haben gemerkt, dass ich sie im Rückspiegel beobachte.

Ich schneide ihm eine hämische Grimasse und biege nach rechts ab.

Runter in die King Street, am Ende rechts, dann wieder rechts und runter auf die Bellevue Parade. Jetzt muss ich aufpassen. Das ist eine große, breite Straße, auf der bestimmt Bullen unterwegs sind. Aber ich muss sie nehmen. Wenn ich mehr Sprit im Tank hätte, könnten wir sie umfahren, aber das kann ich nicht riskieren.

Ich schaue mich um. Selbst so früh am Morgen herrscht

hier schon viel Verkehr, in beide Richtungen. Aber ich glaube, die anderen Autos bedeuten keine Gefahr. Da sitzen nur harmlose Leute drin. Weder Bullen noch Feinde. Das kann ich erkennen, während sie an mir vorbeirauschen. Es ist, als kämen sie aus einer anderen Welt.

Aus einer sicheren Welt, von der ich nur träumen kann.

Bum! Der Van macht einen Ruck. Ich schaue in den Rückspiegel. Der Dicke ist mir absichtlich hinten draufgefahren. Ich habe damit gerechnet, dass er das versuchen könnte. Ja, du Mistkerl, du willst mich zur Seite drängen oder mir vielleicht einen Reifen demolieren, um mich zum Anhalten zu zwingen. Aber das wird nicht klappen, weil wir hier abbiegen.

Die Ausfahrt nach links, weiter bis zum Kreisverkehr, dann runter in die Unterführung, durch und rauf auf die Hochstraße. Unten leuchten Lichter der Stadt – Straßen, Häuser, Geschäfte, Fabriken. Rechts schlängelt sich der verdammte Fluss davon. Und im Rückspiegel sehe ich meine Verfolger heranrasen.

Ich umklammere das Lenkrad.

»Es ist Zeit, Jungs.«

Links die Abfahrt runter, nach rechts auf die Waldegrave Avenue, weiter bis zum Ende, dann nach rechts in die Musgrave Road, und am Ende dieser Straße ist es. Siehst du es, Bigeyes? Das große schwarze Hochhaus da hinten. Das ist Stockland Heights, ein Wohnblock. Aber in keiner Wohnung brennt Licht. Weißt du, warum?

Weil dort niemand wohnt.

Nicht einmal Penner.

Du wirst gleich sehen, warum.

Ich bremse scharf ab, um die beiden zum Bremsen zu zwingen. Es macht nichts, wenn sie mich wieder rammen, solange sie den Van nicht schrotten. Aber der Dicke reagiert schnell. Er ist sofort auf die Bremse getreten und behält mich jetzt genau im Auge.

Er fragt sich, was ich vorhabe.

Er soll sich den Kopf zerbrechen, Bigeyes. Ich muss beschleunigen, wieder abbremsen, ihn mit Überraschungsmanövern verunsichern. Ich will ein bisschen Abstand gewinnen, bevor ich aussteige. Wenn er zu dicht hinter mir ist, schaffe ich es nicht bis in die Wohnungen rauf. Aber es klappt. Er wird langsamer. Er vermutet, dass ich das Auto hier stehen lassen und zu Fuß abhauen will.

Ich bremse wieder ab. Ich muss ihn dazu bringen, anzuhalten, aber nicht vor mir. Er darf mir nicht den Weg abschneiden. Er hält jetzt vorsichtshalber mehr Abstand. So ist es gut, Junge, bleib, wo du bist. Ich halte an und schaue in den Rückspiegel.

Er hält auch an, ein Stück hinter mir. Lenny steigt aus, der Dicke bleibt am Steuer. Lenny läuft auf mich zu. Da gebe ich Gas und rase davon.

Das ist die einzige Chance, die ich bekommen werde. Ich drücke weiter aufs Gas und schalte hoch. Ich werfe einen

Blick nach hinten. Lenny ist wieder im Wagen und sie holen schnell auf. Aber ich habe ein bisschen Zeit rausgeholt.

Ich kann nur hoffen, dass sie reicht.

Ich rase zu dem Wohnblock und bremse scharf. Die Reifen quietschen, der Van dreht sich und bleibt stehen. Meine beiden Verfolger kommen auch angerast, aber ich bin bereits aus dem Van gesprungen und durch den Eingang in das Gebäude gelaufen, als ich ihre Wagentüren schlagen höre.

Die Treppe rauf. Es ist dunkel um mich rum. Unter meinen Füßen knirscht Glas. Es stinkt nach Pisse und Bier. Polternde Schritte hinter mir auf der Treppe. Ich renne immer weiter rauf, so schnell ich kann, leise und laut zugleich. Leise, damit sie denken, ich wollte mich verdrücken.

Laut, damit sie mich hören.

Ja, Bigeyes, sie sollen mich hören. Sie sollen wissen, wo ich bin.

Denn ich werde dieses Katz-und-Maus-Spiel jetzt beenden.

Immer weiter rauf, von einem Stockwerk ins nächste. Es sind insgesamt acht und wir müssen ganz hoch. Die beiden stampfen mir immer noch hinterher, aber ich muss taktieren, wie vorhin. Ich muss dafür sorgen, dass sie mich gemeinsam finden. Wenn der Dicke zurückbleibt, weil er fertig ist, klappt es nicht.

Vielleicht klappt es auch so nicht.

Ich setze alles auf eine Karte.

Ich laufe weiter und horche. Leichtere Schritte sind nah hinter mir und schwere Schritte weiter unten. Der Dicke bekommt allmählich Probleme. Ich muss nachdenken, Bigeyes. Ich muss dafür sorgen, dass der Dicke Lenny einholt. Aber hier schaffe ich das nicht.

Lenny ist mir zu nahe. Wenn ich hier stehen bleibe, erwischt er mich.

Weiter rauf. Inzwischen keuche ich. Ich bin auch fertig. Und mein Kopf ist blockiert, denn ich sehe ständig Marys Gesicht vor mir, und das von Jaz. Und auch das der lieben Becky, die gestorben ist. Sie beobachten mich alle drei, während ich weiter die Treppe rauflaufe.

Vierter Stock, fünfter Stock, sechster Stock. Lenny ist immer noch hinter mir, doch der Dicke ist still geworden. Das hätte ich mir denken können. Jetzt habe ich den Schlamassel. Aber ich kann trotzdem nicht stehen bleiben. Ich muss weiter raufsteigen.

Der Dicke hat sich wieder in Bewegung gesetzt. Ich kann ihn hören. Ich schätze, er ist zwei Stockwerke weiter unten. Ich muss mir Lenny eine Weile vom Hals halten, bis der Dicke ihn einholt.

Siebter Stock.

Ich schaue mich um. Hinter mir immer noch polternde Schritte, vor mir die Treppe ins oberste Stockwerk, rechts ein Korridor. Ich schaue mich wieder um. Keine Zeit zu verlieren. Ich muss weiter rauflaufen. Und wenn Lenny alleine da hochkommt, muss ich mich irgendwie von ihm fernhalten, bis der Dicke zu ihm stößt.

Die Treppe rauf, jetzt so leise, wie ich kann. Ich erreiche das oberste Stockwerk und schleiche langsam einen Korridor runter. Zimmer auf beiden Seiten. Nirgendwo Türen. Die sind schon vor langer Zeit eingetreten worden. Nur das Mauerwerk ist noch übrig. Dunkle stinkende Räume, deren Wände mit Farbe besprüht sind. Es ist, als würde man durch den Kopf eines Toten laufen.

Und vielleicht tue ich das ja.

Hinter mir ist es ruhig geworden. Das ist gut. Denn das bedeutet, dass Lenny sich unsicher ist und überlegen muss. Das gibt dem Dicken Zeit, ihn zu erreichen. Ich schleiche weiter. Ich weiß genau, wo ich hinwill. In das Zimmer am Ende des Korridors. Das war einst das beste Zimmer im ganzen Gebäude.

Aber jetzt würde dort niemand mehr wohnen wollen.

Ich höre wieder Schritte – von zwei Paar Füßen. Die beiden kommen zusammen die Treppe rauf. Sehr gut. Jetzt müssen sie mich finden. Ich bleibe stehen und schaue mich um. Ich bin nun in der Mitte des Korridors. In ein paar Sekunden werden sie im Eingang der Wohnung erscheinen.

Dann werden sie mich sehen und das sollen sie auch. Aber ich zittere, Bigeyes. Ich schwitze Blut und Wasser und ich zittere. Denn jetzt heißt es: sie oder ich.

Da sind sie. Im Eingang. Lenny und der Dicke. In der Dunkelheit kann ich ihre Gesichter nicht sehen, aber ich erkenne sie an der Kopfform. Wie wandelnde Schatten bewegen sie sich den Korridor entlang.

Ich stehe da, beobachte sie und überlege. Ich muss es richtig machen. Wenn ich es vermassele, ist es vorbei. Ich blicke nach rechts und nach links, als würde ich die Räume abchecken. Dann schaue ich wieder zu den beiden nach vorn. Sie nähern sich langsam und selbstsicher. Ich checke nochmal die Räume ab.

Dann drehe ich mich um und renne los.

Auf das Zimmer am Ende des Korridors zu.

Es hört sich nicht so an, als würden die beiden nun auch rennen. Sie lassen sich Zeit. Es besteht kein Grund mehr zur Eile. Sie wissen, dass ich nicht rauskomme. Ich bleibe stehen und spähe in die anderen Räume. Dann blicke ich über die Schulter. Die Kerle sind jetzt näher, viel näher. Sie sind schneller geworden. Weißt du, warum, Bigeyes?

Weil sie es nicht erwarten können, darum.

Und ich auch nicht. Ich renne weiter, zu dem Zimmer am Ende des Korridors, und bleibe im offenen Eingang stehen. Ein Lichtschein dringt aus dem Zimmer. Er kommt vom Mond und fällt durch die Türöffnung rein, in der früher die Balkontür war.

Ich drehe mich wieder zu den beiden um und fauche sie an.

»Wer von euch will zuerst sterben?«

Sie bleiben stehen. Nun kann ich ihre Gesichter deutlich erkennen. Sie lachen.

»Hast du dein Messer dabei?«, fragt Lenny spöttisch.

»Ja.«

»Dann lass es mal sehen.«

Ich stecke eine Hand in die Manteltasche. Die Kerle beobachten mich mit einem Anflug von Nervosität, der aber schnell vorbei ist. Irgendwas sagt mir, dass sie wissen, dass ich kein Messer habe. Der Dicke grinst.

»Du hat es wohl liegen lassen, Kleiner.«

Ich ziehe die Hand wieder aus der Tasche. Lenny grinst, dann zückt er ein Messer. Und der Dicke zieht eine Knarre.

»Es ist Zeit, nach Hause zu kommen, Kleiner«, sagt Lenny.

»Du kannst mich mal!«

Ich drehe mich um und laufe in den großen Raum. Die Kerle folgen mir in aller Ruhe. Ich erreiche die gegenüberliegende Wand, taste mich an ihr entlang und beobachte die beiden dabei genau. Sie folgen mir jetzt nur noch mit den Augen. Der Dicke deutet mit seiner Knarre zum Eingang.

»Da lang, Kleiner. Du läufst in die falsche Richtung.«

»Leck mich, Fettsack!«

Ich sehe, dass er zusammenzuckt. Ich taste mich weiter an der Wand entlang, immer näher zur Balkontür. Lenny schüttelt den Kopf.

»Da geht's nicht raus.«

Ich ignoriere ihn und bewege mich langsam weiter.

»Ich habe das Spielchen allmählich satt«, sagt der Dicke.

»Dann verpiss dich doch, Fettsack.«

Er zuckt wieder zusammen und hebt die Knarre. Ich schneide ihm eine Grimasse.

»Du kannst mich eh nicht umbringen, Fettsack. Das darfst du gar nicht. Du hast die Anweisung, mich lebendig abzuliefern.«

»Ich mache mit dir, was ich will«, knurrt der Dicke.

»Zuerst musst du mich kriegen, Lahmarsch.«

Er macht einen Satz nach vorn, aber ich flitze nach links, raus auf den Balkon. Der Mond scheint hell auf ihn herab. Und unten sehe ich wieder die Lichter der Stadt funkeln. Ich bewege mich seitlich am Geländer entlang zum vorderen Rand des Balkons, und beobachte die Türöffnung.

Die Dicke erscheint als Erster, gefolgt von Lenny.

Aber die beiden sind noch nicht nahe genug beisammen. Ich brauche sie dicht nebeneinander, nicht hintereinander. Der Dicke bleibt stehen und schaut zu mir rüber. Ich lehne mit dem Rücken am Geländer des Balkons und die beiden stehen immer noch in der Türöffnung. Das helle Mondlicht auf ihren Gesichtern lässt sie wie Geister aussehen.

Ich beobachte Lenny. Er ist immer noch hinter dem Dicken. Ich muss ihn vorlocken. Ich brauche die beiden dicht nebeneinander.

»Du hast keine Ahnung, wie man ein Messer hält, was, Lenny?«, sage ich spöttisch.

Er strafft sich. Ich spucke auf den Boden des Balkons.

»Du bist nur ein bezahlter Schläger. Du hast keinen Grips, keine Klasse.«

Er macht einen Schritt nach vorn, neben den Dicken. Gut. Jetzt ist der richtige Augenblick, Bigeyes. Ich beuge mich vor und verhöhne die beiden.

»Ihr seid nur armseliger Abschaum, alle beide! Ihr könnt mich nicht umbringen, weil ihr den Auftrag habt, mich lebendig abzuliefern. Aber nicht einmal das schafft ihr.« Ich zeige ihnen den Stinkefinger. »Denn ihr seid dumm wie Bohnenstroh!«

Ohne ein Wort stürmen sie auf mich zu.

Zusammen.

Ich packe das Geländer und klammere mich daran fest. Es passiert so schnell, dass ich gar keine Zeit zum Denken habe. Ich höre das Krachen von berstendem Holz und spüre, wie das Geländer bebt. Der Rahmen des Balkons hält, aber der Boden gibt nach, und plötzlich sind beide verschwunden, als hätte das Mondlicht sie verschluckt.

Ich hänge da und horche. Kein Laut von den beiden, nicht mal ein Schrei. Nur eine beklemmende Stille.

Und einen Augenblick später von unten der dumpfe Aufprall.

Etwa achthundert Meter vom Haus des alten Professors entfernt geht dem Van der Sprit aus. Ich hätte nicht gedacht, dass ich so weit komme. Ich lenke den Wagen an den Straßenrand und lasse mich in den Fahrersitz sinken.

Ich kann nicht aufhören zu zittern. Mein Körper ist verspannt wie noch nie. Nicht wegen der beiden Mistkerle. Die sind mir scheißegal. Ich habe nicht mal nach ihren Leichen geschaut. Es ist wegen all des anderen Zeugs in meinem Kopf. Ich muss nachdenken, Bigeyes.

Ich muss mich entscheiden.

Sonst verliere ich noch den Verstand. Mir schwirrt der Kopf vor Gedanken und Gefühlen. Ich kann nicht fassen, dass mich auf dem Weg hierher niemand angehalten hat. Ich bin gefahren wie ein Idiot und ich bin an genug Bullen vorbeigekommen. Jetzt sind mehr unterwegs denn je. Und sie müssen von dem Van wissen. Mary hat sie sicher angerufen, oder Jacob.

Aber ich habe es bis hierher geschafft. Frag mich nicht, wie.

Ich steige aus und laufe los. Bewegung hilft mir vielleicht, einen klaren Kopf zu bekommen. Ich halte Abstand von der Straße. Ja, Bigeyes, ich bin nicht völlig daneben. Dieser Teil von mir funktioniert noch.

Ich laufe und laufe.

Das tut gut. Ich fühle mich schon besser. Bisher kam noch kein Auto vorbei. Wenn ich eins höre, muss ich in Deckung gehen. Ich laufe weiter und denke nach. Ich versuche es jedenfalls. Denn jetzt ist es soweit, Bigeyes. Ich muss mich entscheiden. Das wurde mir auf der Rückfahrt klar. Das weiß ich, seit diese Mistkerle vom Balkon gefallen sind.

Nein, eigentlich weiß ich es schon länger. Vielleicht seit dem Telefongespräch mit Mary. Vielleicht sogar noch länger. Ich habe irgendwie das Gefühl, dass diese Erkenntnis eine lange Vorgeschichte hat, die über Mary und Jaz bis zu Becky zurückreicht.

Zu der Becky, die nicht hätte sterben sollen.

Denn das ist der Knackpunkt, Bigeyes. Zu viele Leute, die noch leben sollten, sind gestorben. Und viele von ihnen sind wegen mir gestorben. Wie viele werden noch sterben müssen, wenn ich auf freiem Fuß bleibe? Ich will gar nicht darüber nachdenken. Und inzwischen gibt es Menschen, die mir was bedeuten.

Ich will nicht, dass ihnen was passiert.

Da kommt ein Auto, auf der anderen Seite. Ich sehe die Scheinwerfer. Geduckt entferne ich mich noch weiter von der Straße und verstecke mich in der Dunkelheit. Das Auto saust vorbei. Ich komme wieder raus und laufe weiter.

Siehst du, was ich meine, Bigeyes?

Das ist mein Leben. Von einem Versteck ins andere schleichen, immer auf der Hut und fluchtbereit. Ich weiß nicht, ob ich das noch länger durchhalte. Ich dachte, ich könnte von hier verschwinden und mich anderswo wieder totstellen. Jetzt bin ich mir nicht mehr sicher. Ich zittere wie Espenlaub und bin total fertig. So kann und will ich nicht weitermachen.

Mary hat recht. Davonlaufen ist keine Lösung.

Deshalb habe ich eine Entscheidung getroffen.

Ich sage Dig Danke für seine Hilfe, aber ich brauche sie nicht mehr. Er muss mich nicht aus der Stadt rausbringen, denn ich stelle mich. Ich gebe ihm und seiner Bande eine halbe Stunde, um aus dem Haus des Professors zu verschwinden, dann rufe ich von dort aus die Bullen an und warte, bis sie mich holen.

Ja, ich weiß. Das ändert nicht viel, denn meine Feinde sind trotzdem noch da draußen. Und sie werden einen Weg finden, im Gefängnis an mich ranzukommen. Sie wollen zu viele Dinge von mir. Und sie dürsten nach Rache. Ich werde wohl nicht allzu lange leben.

Aber ich weiß nicht, ob es auch nur einen Deut besser wäre, auf freiem Fuß zu bleiben. Und da ist noch was. Was Wichtiges. Ich werde Beckys Geist in die Augen sehen können. Und dem von Mary auch, wenn sie stirbt. Weil ich mich dann nicht mehr so schäme.

Vielleicht kann ich sogar der kleinen Jaz ins Gesicht sehen.

Deshalb kehre ich erst ins Haus des Professors zurück. Ich hätte direkt zu den Bullen gehen können, aber ich habe was versprochen. Mir selbst jedenfalls. Ich werde Jaz die Geschichte zu Ende erzählen.

Und mich dann von ihr verabschieden.

Okay, Bigeyes. Die Entscheidung steht fest. Das Laufen hat mir geholfen. Und das Reden mit dir auch. Ich hätte nie gedacht, dass du dich mal als nützlich erweisen würdest. Aber du kannst mich tatsächlich noch überraschen.

Jetzt kommt die Kreuzung, an der das Queen Anne liegt. Siehst du den Pub?

Ich checke die Lage. Alles ist ruhig. Zum Glück. Seit diesem einen Auto ist keins mehr vorbeigekommen. Alles ist still, außer …

Im Stadtzentrum heulen Sirenen.

Ja, das ist weit weg. Ich hoffe, die Bullen jagen jemand anderen.

Über die Kreuzung, an der Abzweigung vorbei und dann den Weg zum Haus des Professors rauf. Es ist immer noch ruhig. Ich pirsche mich langsam und vorsichtig vor. Riffs Wagen steht noch am selben Platz. Ich schleiche mich näher ans Haus ran. Es ist immer noch dunkel. Nirgendwo brennt Licht. Alles sieht genauso aus wie vorhin, als ich weggegangen bin.

Nur der Himmel ist ein bisschen heller geworden. Der Mond ist noch da, hinter einer Wolke versteckt, aber es dämmert schon. Ich gehe langsam weiter und schaue mich um. Es scheint alles okay zu sein.

Warum zittere ich dann immer noch?

Ich bleibe stehen und horche. Kein Laut. Nur in der Ferne wieder das leise Heulen der Sirenen, die hoffentlich nichts mit mir zu tun haben. Ich checke noch mal das Haus ab. Es wirkt immer noch okay, aber ich zittere immer heftiger. Ich weiß nicht, warum.

Ich gehe seitlich ums Haus rum, bleibe an der Hintertür

stehen und horche wieder. Es ist immer noch still. Ich teste den Türgriff. Niemand hat die Tür abgeschlossen, seit ich weggegangen bin. Ich öffne sie, gehe rein und ziehe sie hinter mir zu. Stille im ganzen Haus. Plötzlich überkommt mich ein ungutes Gefühl.

Hier stimmt was nicht. Frag mich nicht, wie ich das weiß. Ich weiß es einfach. Ich brauche nichts zu sehen. Ich spüre es wie plötzlichen Frost. Am liebsten würde ich einfach wegrennen. Aber ich weiß, dass ich nachsehen muss, was los ist. Selbst wenn das eine Falle ist, ich muss es für Jaz tun.

Ich schleiche den Flur runter, spähe ins Wohnzimmer, in die Küche und ins Esszimmer. Im Erdgeschoss ist niemand. Ich bleibe stehen und hole tief Luft. Dann laufe ich leise den Flur zurück und die Treppe rauf. Oben ist es auch zu ruhig. Niemand im Treppenhaus. Niemand in den Schlafzimmern. Niemand im Klo oder im Badezimmer. Mir ist jetzt total mulmig. Denn ich sage dir, Bigeyes, ich wittere Unheil. Und ich habe Angst um Jaz.

Jetzt ist nur noch ein Raum übrig. Das Arbeitszimmer des alten Professors am Ende des Flurs. Früher bin ich da reingegangen, um zu lesen. Ich habe mich an seinen großen alten Schreibtisch gesetzt, seine Bücher über Descartes, Kant, Sartre und andere Geistesgrößen rausgezogen und versucht, sie zu verstehen.

Was erwartet mich jetzt in diesem Zimmer?

Ich schleiche rüber, den Blick auf die Tür gerichtet. Sie ist zu. Ich bleibe vor ihr stehen, warte und horche. Kein Laut von drinnen, jedenfalls kann ich nichts hören. Ich blicke zu Boden.

Da rinnt Blut aus dem Zimmer.

Ich mache einen Schritt rückwärts, trete die Tür auf und stürme rein. Dig hockt zusammengesackt an der Wand. Sein eigenes Messer steckt in ihm. Sonst ist niemand da. Ich laufe zu ihm rüber und knie mich neben ihn hin. Aber ich kann nichts mehr für ihn tun. Er ist tot. Dann höre ich es.

Ein kurzes Wimmern, ganz in der Nähe. Ich kann niemanden entdecken. Wieder das Wimmern. Und dann sehe ich sie unter dem Schreibtisch kauern.

»Bex!«

Sie kommt nicht raus, sondern kauert sich nur noch mehr zusammen.

»Bex.«

Sie bleibt, wo sie ist. Jetzt stöhnt sie. Ich beuge mich runter und streichle ihren Arm. Sie wendet mir das Gesicht zu, aber ihre Augen sind fast zu.

»Was ist passiert, Bex?«

Sie antwortet nicht. Ich glaube, sie hat mich gar nicht gehört. Aber ich irre mich. Plötzlich starrt sie mich an und murmelt.

»Xen hat sich so komisch benommen. Sie hat mit niemandem geredet. Ist nur im Haus rumgelaufen und hat ständig ihr Handy gecheckt. Und dann … dann …«

»Was?«

»Es ging alles so schnell. Riff hat die Treppe raufgerufen, dass Xen abgehauen sei. Er sagte, sie sei durch ein Fenster rausgestiegen, über den Zaun geklettert und über die Wiese davongelaufen. Und er habe draußen mehrere Typen gesehen. Ein paar würden am Ende des Weges rumlungern, bei den Bäumen, hinter denen wir die Autos versteckt hatten, und einige würden aufs Haus zukommen.«

Bex fröstelt.

»Ich und Dig … wir hatten keine Chance. Die anderen waren alle wieder unten, aber wir waren hier oben. Wir hatten uns gerade wieder angezogen. Und Jaz …«

»Was?« Ich packe Bex an der Schulter. »Was ist mit Jaz?«

»Sie hatte uns gesucht und war nach oben gekommen. Ich war mit ihr oben an der Treppe und habe sie geknuddelt. Im nächsten Augenblick kamen die Typen reingestürmt. Große, starke Kerle, mit denen wir es nicht aufnehmen konnten.«

Ich hole tief Luft.

»Was ist passiert?«

Sie antwortet nicht.

»Bex! Was ist passiert?«

Sie fröstelt wieder.

»Dig hat zu den anderen runtergebrüllt, dass sie sich trennen sollen. Ich weiß nicht, ob sie entkommen sind, aber ich glaube schon. Ich habe gehört, wie sie unten durch die Fenster rausgeklettert und zum Zaun rübergelaufen sind, so wie Xen. Und die Kerle, die im Haus waren, haben sie nicht verfolgt. Sie haben mich und Jaz auf dem Treppenabsatz entdeckt und sind hochgekommen.«

Ich weiß, warum, Bigeyes. Verdammt, ich weiß, warum.

Bex wischt sich mit dem Handrücken über die Augen.

»Dig hat sich nicht einschüchtern lassen. Er hat uns hier reingeschickt und versucht, sie aufzuhalten. Aber was konnte er schon tun?« Sie starrt mich wütend an. »Nichts. Sie sind einfach auf ihn losgegangen und …«

Sie bricht in Tränen aus.

»Und ich habe gar nichts getan!«, schluchzt sie, völlig aufgelöst. »Ich bin … ich bin mit Jaz unter den Schreibtisch gekrochen und … ich habe ihr die Ohren zugehalten und sie an mich gedrückt, damit sie nichts hören und nichts sehen konnte, und dann … und dann …«

»Beruhige dich, Bex.«

»Sie haben sich alle um den Schreibtisch gestellt und einer hat sich runtergebeugt und mir ins Gesicht gestarrt. Und ehe ich irgendwas tun konnte, hat er Jaz gepackt und sie mir aus dem Arm gerissen. Dann hat er sie einem anderen Typen rübergereicht und plötzlich war sie weg.«

»Du lieber Gott!«

»Sie war weg!« Bex krallt sich an mir fest. »Ich habe ihr hinterhergeschrien. Ich … ich habe nur noch geschrien …«

Sie lässt mich wieder los und schlägt die Hände vors Gesicht. Dann nimmt sie sie plötzlich weg und sieht mich wieder an. Nun liegt Hass in ihren Augen, Hass auf mich.

»Da hat der Kerl mir die Hand auf den Mund gepresst, damit ich nicht mehr schreien konnte.« Ihre Stimme bebt nun vor Zorn. »Und er hat mich festgehalten, so fest, dass es wehtat. Ich habe gezittert wie noch nie. Dann hat er sich ganz nah zu mir runtergebeugt und auf mich eingeredet, so vertraulich, als wären wir befreundet. Er hat mich Schätzchen genannt. Er hat gesagt, ich hätte schöne Haare, und wenn er ein bisschen jünger wäre, würde er mich bitten, mit ihm auszugehen. Dann hat er mir zugezwinkert, ganz lässig, und gesagt ...«

»Ich weiß, was er gesagt hat, Bex. Ich kann es mir denken.«

»Ach ja?« Sie starrt mich böse an. »Und wenn schon. Du wirst es dir trotzdem anhören, du Scheißkerl!« Sie reckt den Kopf vor und stößt zornig hervor: »Er hat gesagt ... ›Sag Blade, wenn er die Kleine zurückhaben will, weiß er ja, wo er hinkommen muss‹.«

Dann bricht sie wieder in Tränen aus.

Ich stehe auf, gehe zum Fenster und starre über den Garten in die Ferne. Es wird schneller hell, als ich dachte. Der Mond ist wieder zu sehen und über dem Horizont ist der Himmel schon grau. Bex weint immer noch und mir ist auch zum Heulen. Ja, ich würde am liebsten laut losheulen. Aber ich kriege keinen Ton raus. Ich höre nur die Schluchzer von Bex. Und die Alarmglocken in meinem Kopf.

Und die Polizeisirenen, die sich nähern.